그 바다의 아침

그 바다의 아침

박영희 제2수필집

정출판

어제, 오늘 그리고 내일

수필을 쓰는 동안은 나를 이해하는 과정이었다. 한 줄의
행간 속에서 마주보기는 출구면서 퇴로였다. 노트북 앞에 앉
으면 늘 숨이 가빴다. 한 줄도 쓸 수 없는 막막함에 손 놓고,
먼바다를 하릴없이 바라보곤 했다. 고통을 피하기보다 지긋
이 응시하며 광란의 바다를 마주한 게 십여 년이다. 갈증과
희열 때로는 아픔까지. 매사에 감사하는 마음으로 자랐다.

그 뿌리는 글쓰기였다. 변화는 여유와 너그러움으로 싹텄
다. 자긍심에 새싹이 돋아 물을 주며 키우는 기쁨, 늘그막에
삶의 보람으로 이어진다.

흘러간 시간을 불러들인다는 게 선뜻 내키지 않았다. 망설이던 마음을 다잡아 글 밭을 돌아봤다. 밖으로 내보낸 것들에 얼굴이 붉어졌다. 쓰는 일에만 눈이 어두워 흠이 많았다. 글자에 갇혀 보이지 않던 내가 이제야 보인다.

그동안 잠자고 있던 글은 짐이었다. 누름돌이 되었던 시간을 훌훌 털어내 가벼워지고자 한다.

과거를 딛고 내일을 생각한다. 이제는 내 자화상에 책임져야 할 시점이다. 남은 날을 어떻게 엮어 갈지. 글 맛에 깊이 빠지고 싶다.

2022년 여름. 긴 가뭄 끝에 내리는 빗줄기를 바라보며
박 영 희

차례

1부 고향으로 가는 길

2부 그 바다의 아침

5부 대숲에 들다

1부
고향으로 가는 길

동쪽에서 서쪽 끝까지 걸어온
그새 만월이던 바다는 저만치 몸을 비우고 있다.
몽돌밭에서 물수제비를 뜨다 말다 되돌아 걷는다.
중간쯤 말간 민낯으로 깨어나는 먼바다를 마주 보고 섰다.

홀로 청중이 되다

남편 등 뒤에 섰다. 우렁우렁 목울대의 떨림이 가슴으로 전해 온다. 이어폰을 꽂고 노래 부르느라 무아지경이다. 는개처럼 촉촉하게 젖어 오는 감미로운 목소리에 눈이 절로 감긴다. 설레지 않을 수 없다.

빨간 벨벳 커튼이 드리워진 무대 위로 스포트라이트가 켜지고, 검은 연미복에 나비 타이를 맨 남편이 서 있다. 눈을 지그시 감은 채 주먹에 힘을 모으고 혼신을 기울여 노래를 부른다. 객석은 숨죽여 미동이 없다. 나는 손을 모으고 감동으로 눈시울 붉히며 울먹거리는데 우렁찬 박수 소리가 장내를 뒤흔든다.

찰나 같은 이런 꿈을 꿨다. 남편을 무대 위에 세워 보면 어떨까. 풍부한 성량의 목소리가 아까워 어느 날 떠오른 생각을 한번 실천해 봤으면 했었다. 재능을 갖고 있었으나 황혼이 돼서 깨닫게 된 뒤늦은 아쉬움이 컸다. 어느새 'You raise me up'은 마지막 소절로 이어진다.

결혼 전, 첫 데이트 전화를 받았을 때 목소리가 먼저 가슴에 닿았다. 낮고 부드러운 미성으로 정중했다. 음성만으로도 상대의 성정을 엿볼 수 있을 것 같아 호감으로 왔다. 함께 거리를 걷고 차를 마시거나 칵테일 바에서 별말이 없는 나와 달리, 간단없이 이어지는 그의 얘기에 시나브로 마음이 기울어지고 있었다.

초봄부터 시작된 신혼 집들이는 일주일이 멀다 이어졌다. 양가의 친인척, 동창이며 고향의 선후배에 직장 동료들까지. 연탄불도 제대로 갈지 못하는데 음식 장만이라니. 신혼의 달콤함은커녕 초인종 소리에 가슴이 절구질할 정도로 지쳐 있었다.

그날은 남편 고향 동창들의 초대가 있었던 날이다. 늦도록 흥건하게 술판이 이어졌다. 옛 생각으로 감상에 젖은 친구들은 누가 먼저랄 것도 없이 노래를 부르기 시작했다. 거나하게 취해 기분이 좋아진 남편은 자기의 애창곡이라며 '임은 먼 곳에'를 불렀다. 그 시절 유명 여가수의 대표곡이다. 웬만한 사람이 부르기는 좀 버거운 노래다.

잘 부른다기보다 뱃속에서 울려 나오는 소리가 영혼을 흔들 것 같이 절절했다. 비쩍 마른 체구 어디서 저런 소리가 나올까. 혹 열렬히 사랑했던 연인을 떠나보냈었나 하는 의구심이 들었다. 저러다 애간장 툭 하고 끊어지는 건 아닌가 할 정도로 조마조마했다. 처음 보게 된 새로운 모습에 놀랍기도 했거니와 일순간에 피곤이 스르르 녹아내렸다. 티격태격 실랑이에 음성이 커질 것 같아 그 좋은 목소리에 누가 되지 않겠느냐고 말을 자르면 슬그머니 어깨가 내려오곤 했다.

여기저기 부부 동반 모임에서 여흥을 즐기는 시간이면 어김없이 불려 나갔다. 여러 번의 재청으로 수다스러운 여자들의 환호에 내가 더 쑥스럽고 멋쩍었다. 그런 나를 보고 발그레 상기된 남편은 겸연쩍게 싱긋 웃곤 했다. 종종 내게 걸려온 전화를 건네받을 적마다 친구들은 "네 신랑 음성은 여전하구나." 이렇게 호들갑 떨 때는 속으로 여간 기분 좋은 게 아니다.

모두 지나간 시절 얘기다. 가끔 이른 저녁을 먹고 동네 산책길에 놀다 오던 노래방 출입이 끊어진 지 오래다. 시간도 채우지 못하고 돌아오면서 무디어진 감에 실망이 컸다. 목은 녹슬어 잠겼고 가사는 물론 박자와 음정이 맞을 리 없다. 느리게 돌아가는 필름으로 빠르게 흘러가는 시냇물처럼 함께 흐를 수 없는, 우리는 이쯤에서 멈춰 있는가보다 허허 웃고 말았다.

연둣빛으로 찬연한 봄이나 은빛 억새의 군무가 흥겨운 가을이면, 한가한 오름 정상에서 남편은 곧잘 노래를 부른다. 명곡이며 가요까지. 자작곡인 양 제멋대로다. 온몸을 흔들며 풍경에 취하고 흥에 겨워 해묵은 감정을 어쩌지 못하는 듯하다. 혼자만의 답답함을 토해낼 것처럼 바람에 실려 가뭇없이 사라지곤 한다. 멀리 바다가 보이고 한라산을 등지고 선 청중 없는 독무대. 허공에 쏟아내는 속내를 내 모르는 건 아닌지. 바람이 되었다가 구름에 실려 풍덩 빠진, 한 마리 새 같은 모습이 애틋해 하릴없이 그냥 가슴만 시리다.

자신이 타고난 재주가 있다면 그게 뭔지. 돌이켜보면 잘할 수 있는 게 어떤 일인가를 모르고 살아온 삶이다. 내가 무엇을 하고 싶다는 것은 생각도 못 했고 알려고 할 겨를 없이 여기까지 왔다. 즐기며 산다는 것은 요원했던 시절이었다. 지금이라도 다시 시작할 수 있다면 하는 생각이 문득 들곤 한다.

당신이 성악을 전공해 오페라 무대의 주인공이 됐더라면 성공했을 거라는 말을 하면, 한 번도 생각해 보지 못했다며 지난 세월이 아쉬운 듯 여운이 스친다. 내 안에 눈 돌릴 사이 없이 무관하게 쌓인 회한이 이제야 눈 뜬 걸까.

넌지시 말을 건넸다. 부지런히 연습해 나를 위해 한 곡 불러 달라고. 무대가 없어도 좋다. 아내는 홀로 청중이 되고 남편은 공연자가 되는 일. 그리한다면 특별한 공연이 되지 않을까 하고.

고향으로 가는 길

초승달 같은 해변이 밀물로 만월이다. 초겨울 바람치곤 더없이 온화한데, 엷은 해무는 스멀스멀 비단 자락 펼치듯 해송 숲으로 숨는다. 잠에서 덜 깬 아침 바다는 낮은 몸으로 뒤척일 뿐, 인적 없는 모랫길만 아득하다.

자박자박 발걸음 소리를 벗 삼아 그리웠던 옛길을 더듬어 걷는다. 눅눅하고 짭짤한 갯바람에 깊이 잠자고 있던 기억들이 하나둘 기지개 켠다. 낯선 풍경으로 아무것도 옛 모습을 찾을 수 없는데, 울울창창한 해송만이 예나 지금이나 변함없다. 내 뿌리는 여기가 근원인데 흔적은 간데없고 나 혼자 품어 짝사랑인가.

고향에서 바다를 향해 잠들었던 엊저녁, 따뜻한 아랫목에서 어릴 때처럼 솔바람 소리, 파도 소리를 베개 삼아 잠들었다. 설핏설핏 잠결에 몽유병 환자처럼 파도가 되었다, 바람으로 여기저기 고향의 품을 기웃거렸다. 창이 부옇게 밝아 오는 새벽녘에 목청 높여 첫닭이 울자 앞집에서 기다렸다는 듯 홰를 치며 화답을 한다. 퉁퉁 부은 얼굴과 달리 무겁던 몸은 날아갈 듯 가볍다.

　눈을 감은 채 내 귀는 주인집 부엌에서 달그락거리는 소리, 아궁이에서 장작불 터지는 소리, 마당을 쓸어내리는 비질 소리를 쫓아다닌다. 나를 품어 키웠던 소리다. 가슴을 훈훈하게 데우는 정겨운 것들을 오랫동안 잊고 살았다. 내가 이리저리 흘러 다니는 동안 더러 품고 지운 게 세월이구나.

　동쪽에서 서쪽 끝까지 걸어온 그새 만월이던 바다는 저만치 몸을 비우고 있다. 몽돌밭에서 물수제비를 뜨다 말다 되돌아 걷는다. 중간쯤 말간 민낯으로 깨어나는 먼바다를 마주 보고 섰다.

　내게 고향이란 어떤 곳이며 무엇인가. 철없던 시절 떠났다. 그런데도 고향을 떠올리면 가슴부터 아리다. 꿈길에서조차 익숙한 길에 오도카니 홀로 서 있다. 막차 끊어진 신작로를 타박타박 걷다, 어둠이 내리는 산길에서 제풀에 겁먹어 소리치다 깨어나곤 하면서. 한 번도 다다르지 못한 채 고향 가는 길은 언제나 숨이 턱 막힐 것처럼 멀어 아득했다.

　어린 나이에 가족들과 멀리 떨어져 살면서 겪은 분리불안증이었을까. 누구도 이런 속내를 읽지 못했으리라. 학교만 아니라면 감히 가슴을 열어 보일 수 없어 혼자 눈물짓곤 했다. 이런 내게 방학 때 만나는 고향 바다는 위안이자 욕구 분출구였다. 채울 수 없었던 결핍이 내 안에 한으로 똬리를 튼 것인지. 고향에 대한 집착은 앞으로 쉽게 올 수 없을 것 같은 예감 때문이다.

돌이켜보면 다랑논과 조각보 같은 척박한 밭이 전부였다. 사방이 바다라 해산물이 풍부했다. 경관이 뛰어나 유년의 기억은 바다에서 주워 올린 것들로 내 정서의 틀이 됐다. 막연히 바다가 있는 곳에 살고 싶어 했던 마음이 인연의 물꼬를 터 제주에 살게 됐는지 모른다.

　그해 더위는 유별했다. 폭염이 기승을 부리는 산 능선마다 노랑 원추리꽃은 지천으로 피었었다. 상수리나무 숲에 소나기 후드득후드득 쏟아지던 오후, 비 젖은 원추리꽃으로 화관을 엮어 머리에 얹었다. 싸리나무를 꺾어 두른 대바구니 속에는 돌게가 사락거리며 연신 거품을 게워내고 있었다. 바위틈에서 졸졸 흐르는 개울물에 소금기를 씻어내다 몸의 변화를 감지했던 충격, 성숙한 여자로 가는 발돋움이었다.

　밤새 두려움과 흥분은 미묘한 설렘과 파열음으로 뒤척였다. 뽀얗게 피던 얼굴에 붉은 열꽃이 솟으며 사춘기가 왔고, 이후로는 고향을 자주 찾지 못했다. 가슴에 긴 가르마로 새겨진 길을 떠올릴 때마다 왜 눈가가 먼저 젖는지. 행복하고 따뜻했던 기억조차 쓸쓸하다.

　민박집 주인은 옆 동네 살았던 토박이라는데 낯설다. 하기야 어떻게 선뜻 알아볼까. 서로 집안을 묻고서야 그의 거칠고 투박한 손을 덥석 잡았다. 지금까지 고향을 한 번도 떠나지 않고 등 붙여 살아온 소박한 삶에 가슴이 뭉클했다. 구릿빛 선한 얼굴의 부부는 닭장에서 막 꺼낸 달걀과 못생긴 호박 고구마를 삶아 건넸다. 가는 길에 요기하라고. 김이 모락모락 오르는 따뜻한 선물이다. 이게 고향이로구나. 울컥했다.

굽이굽이 해안도로를 돌다 전망대에서 가방을 열었다. 온기가 남아있는 고구마를 입에 넣는데 목이 메었다. 방학이 끝나고 외가로 돌아가는 날이면 할머니는 새벽에 늘 찰밥을 지어 주셨다. 잠이 덜 깬 깔깔한 입속으로 우걱우걱 밀어 넣으며 속으로 가기 싫다고 말하고 싶었던 내 모습이 떠올랐다. 그렇게 말했다면 두말없이 "그래 가지 마라 하셨을까." "천천히 많이 먹어라." 안쓰럽게 쳐다보시던 할머니, 할아버지의 측은해하시던 눈길이 지워지질 않는다.

동생과 수평선을 바라보며 말이 없다. 멀리 빈 해변에는 조개를 잡던 우리들의 어릴 적 모습이 보일 듯 말 듯 하다.

해묵은 수첩

　새해엔 매사에 무심히 보내려고 한다. 애써 무엇을 하고자 하는 덧없는 욕심을 버려야겠다는 생각이 들었다. 소소한 계획조차 끝내 빈손이 되고 마는 연말 손익계산서엔 결국 남는 게 없었다. 곧 후회와 아쉬움으로 보내는 세밑이 되곤 했다.

　그때그때 다가오는 대로 별다름 없는 일상이 돼도 괜찮다. 생활은 대부분 비슷한 반복의 연속이다. 나이 듦이 세상의 중심에서 비켜서도 감사하다는 걸 일깨워주는 시기가 아닐지. 가을걷이로 쌓아놓은 곳간에 양식이 풍족하지 않아도 좋다. 영혼의 곳간이 텅 비어 가난이 찾아온다 한들, 이 순간이 평화로우면 되는 것이다.

　이른 새벽에 잠이 깨면 머릿속이 깊은 호수처럼 말갛다. 눈을 감고 꼼지락거리며 뒤척이다 오늘은 어떻게 보낼까. 몸으로 해야 할 일을 그려보고 다음은 아무것도 잡히는 게 없다. 그 가벼움이란 무엇으로 표현할까. 하루가 텅 빈 하늘처럼 온통 여백뿐이라는 게 날아갈 듯하다.

마음이 여유로운 날 모처럼 낡은 수첩을 뒤적인다. 깊이 잠자고 있던 이름을 찾아 눈빛으로 안부를 건넨다. 금세 말을 걸어올 것처럼 환한 모습이 떠올라 마주한 듯 반갑다. 나직하게 이름을 불러보다 그와 함께했던 추억을 떠올려 본다.

누렇게 변한 종이가 해지고 잉크가 번져 남루하나 새 수첩에 옮길 생각이 없다. 스마트폰에 저장하면 간편하지만, 손으로 정성껏 기록한 게 더 정감이 간다. 변색한 시간만큼 인연의 깊이가 소중해 그 속에서 퍼내고 싶지 않다. 이젠 고색창연한 시절로 되감을 수 없는 아쉬움을 함께 느끼고 있는 이들이다. 내겐 해묵어 잘 숙성된 된장 같은 인연이 담긴 수첩이다.

이미 세상을 떠난 친구며 오래 연락이 닿지 않는 지인의 주소도 지우지 않고 그대로 있다. 한 시절을 너와 나를 넘나들며 나눴던 우정에 대한 상실감이 커, 한동안 수첩을 들여다보지 못했다. 마음속에서 지워지지 않는데 매몰차게 수첩에서 지운다고, 그와의 정을 차마 끊을 수 있으랴. 멀리 떨어져 있을 뿐, 마음속에 여전히 존재하는데 함부로 지울 수 없는 게 이름이었다. 이제는 이름 위에 손을 얹고 쓰다듬을 만큼 여유가 생겨 혼자 대답 없는 인사를 건네곤 한다. 선뜻 정을 주기도 어렵지만 한번 맺으면 좀체 끊지 못하는 외곬이다.

혹 잘못 간수하다 잃어버릴까 종종 확인하고 집을 떠날 때는 잊지 않고 가방 속에 챙겨 넣는다. 낯선 거리를 걷다 그리워 떠오르는 이에게, 숫자 꾹꾹 눌러 목소리로나마 만나지 못하는 아쉬움을 대신할 때도 있다. 힘들 때 핏줄처럼 걱정하며 위로해주던 친구와 방황의 길목에서 손잡아 주던 선배, 삶의 멘토였던 존경하는 스승님까지. 견고한 인연의 끈으로 굽이굽이 걸어온 길 위에서 내 삶이 풍요롭고 따뜻했다.

잉크가 번져 희미한 이름을 우두커니 바라본다. 한번 번호를 눌러 볼까. 몇 번 망설이다 손을 놓는다. 결번이라거나 받질 않는다면 하는 막연한 불안감이 온다. 앞으로 소식이 닿지 않는 이가 늘어날 것이란 생각에 숙연하다. 새로운 인연을 맺기보다 오랜 세월 동안 함께 지낸 사람을 소중하게 여길 시점이다. 살다 보면 가깝게 지내던 사람도 먼 사람이 되었다가 다시 이어지기도 하니까. 햇볕 좋은 봄날 마음 한편 양지로 불러내 소원했던 틈을 메우는 시간을 보내려 한다.

꽃무늬 양말을 신고

계절이 바뀔 때면 장롱과 서랍장 속을 정리를 한다. 그때마다 잊어버리고 있던 물건이 툭 튀어나올 것 같은 기대감으로 손이 허둥댄다. 복잡했던 주변도 정갈하게 정리돼 홀가분하다. 무엇보다 일에 집중하는 동안 무념의 상태에 빠진다. 존재하되 나를 의식하지 못하는 시간으로 단순히 기계적으로 손만 부지런히 움직이는 자신을 보게 된다.

철 따라 신는 양말이 각양각색이다. 낚싯줄에 꿰어 나오듯 서랍 속에서 묻혔다 나오는 지나간 흔적이 기억으로 따라 나온다. 모양은 비슷하나 젊은 시절은 색깔이 알록달록 고왔다. 간편하고 발이 편한 것만 찾아 운동화를 즐겨 신으면서 무색이 많아졌다. 오래된 매끈하고 투명한 스타킹도 한 묶음 있다. 한때 맵시 있게 차려입고 구색을 갖추던 게 쓸모없는 물건처럼 한쪽 귀퉁이에 몰려 있다. 다시 그 시절로 돌아갈 수 없는 아쉬움이 빛바랜 추억으로 남았다.

엄지발가락 끝부분이 올이 아른거릴 정도로 닳았거나 발목 고

무줄이 늘어난 것이며, 홀로 남은 외짝, 보푸라기인 상처투성이 것들도 꽤 많다. 한쪽 뒤꿈치에만 구멍이 난 것은 걸음이 편향되게 걸었다는 표시다. 삶도 그러하리라. 어느 한 편으로 치우쳐 그 길로만 고집한다면 결국 외곬이 되지 않을까. 몸과 마음이 올곧게 균형을 이루어야 건강한 삶일 텐데.

앞으로 내 삶은 허우적거리는 걸음이 아닌 허리 꼿꼿이 세우고 흔들림 없는 평안한 길만 가고 싶다. 그렇게 걸어도 날마다 아쉬움으로 절절한 시간이 될 것이다. 후줄근한 양말이라도 맑은 물에 헹구어 정갈하게, 그런 마음으로 살면 되지 않을까.

아이들이 어렸을 적이다. 활동이 활발해 걸핏하면 양말에 구멍이 났다. 버리기도 아깝고 그냥 신으라 하기도 그렇다. 한번 기워볼까. 속에다 삶은 달걀이나 귤을 넣고 바늘을 잡았다. 작아 못 신게 된 발등 부분을 오려 색을 조합해 구멍 난 부분을 감치며 꿰맸다. 아이들은 숙제를 하고 늦게 귀가하는 남편을 기다렸다. 어디쯤 오고 있을지. 혹 휘청거릴지도 모를 밤거리를 머릿속에 그리며 무료한 시간을 양말처럼 꿰매 나갔다. 덧붙인 조각이 잘 어울리게 맞춘 작업으로, 제법 미적 감각을 느낄 만큼 특별한 양말로 변했다.

금세 작아지는 양말처럼 몸과 마음도 그렇게 자라기를 바랐다. 아이들의 미래를 응원하며 무엇이 되는지. 생각만으로도 가슴 벅차던 시절이다. 양말 가득 한 땀 한 땀 기도를 담은 소중한 시간이 됐다. 특별하지 않아도 좋은 평범한 삶으로 마른자리만 골라 걸으며,

보송보송한 삶이 되길 바라는 게 어미의 마음 아닌가.

속 깊은 우물 같이 사려 깊은, 외로워 몸을 웅크리는 이들을 위해 양말처럼 따뜻하게 품어 안아 줄 수 있는 너른 마음을 가진, 그런 사람으로 성장했으면 좋겠다는 바람이 컸다. 긴 겨울밤을 헝겊 덧대듯 이런저런 생각을 잇고 붙이고 잘라내며 꿰매는 재미에 한동안 빠져 지냈다.

해묵은 것과 최근 것을 비교하면 양말에도 유행의 흐름을 보게 된다. 패션에 한몫하면서 양말도 명품이 있다고 한다. 단순히 건강만을 위해 신는 건 아닌 시절이 됐다. 발목이 짧아지거나 발등만 덮을 정도의 디자인, 예쁘게 레이스를 단 것은 앙증맞아 사랑스럽다. 요즈음 남성들은 정장 차림의 바지에 발목이 훤히 보이는 패션이 유행이나 내 눈에는 낯설다. 잘 보이지 않는 부분이라 자칫 소홀해질 수 있다. 격에 맞는 차림이 그 사람의 품위를 한껏 높여 준다. 따라하기보다 내게 어울리는 차림으로 구색을 갖춰 입는 멋 내기가 훨씬 개성적이다. 유행은 한 시절 사회의 흐름에서 오는 것으로 형식 없는 바람처럼 흘러가는 게 아닐까.

서로 조화를 이루며 여러 색을 포용하는 게 검은색이다. 나이 들어가며 복잡한 것보다 단순하고 중후한 색이 좋다. 까다로워 피곤한 사람을 비켜 가고 싶은 것처럼, 아무 옷이나 소화 시킬 수 있는 검은 양말을 즐겨 신게 된다. 궂은일도 마다하지 않는 사람, 검은색처럼 여러 색을 품어줄 줄 아는 이에게 마음이 끌린다. 지금 우리나라는 안팎으로 매우 어지럽다. 한마음으로 뜻을 모으는 일체감이 간절하다. 서로 탓하지 않고 어우렁더우렁 사는 시절은 언제 올지 갑갑한 현실 아닌가.

깊숙이 넣어 두었던 손녀의 선물을 꺼냈다. 유난히 분홍색을 좋아하는 아이다. 회색 바탕에 자잘한 분홍 꽃무늬 양말에 편지도 써 넣고 예쁘게 포장해 선물이라며 주었다. 심성이 섬세하고 표현력이 좋은 손녀. 차마 아까워 아직 상표도 떼지 못했다. 이번 서울 나들이에는 이 꽃무늬 양말을 신고 손주들한테 가리라.

노상 눈에 밟히는 사랑하는 피붙이를 보러 가는 날, 발이 날개를 단 것처럼 설렘으로 출렁이는 나들이가 되리라.

당신도 그럴 때야

"당신도 그럴 때가 됐어. 애써 부정하지 말고 받아들이면 마음이 편해. 당신만 그런 게 아니라 다 겪으며 사는 거니까. 그만큼 나이를 먹었다는 거야."

겨울비가 추적추적 내리는 새벽이다. 황당하고 어이없어 망연히 창밖을 내다보고 있는 내게, 남편이 가라앉은 목소리로 어린아이 타이르듯 말을 건넨다. 내 표정이 굳어 있는 게 딱해 위로의 말을 건네고 싶었을 게다. 앞으로 종종 겪게 될지 모를 일이 눅눅한 습기로 엄습해왔다.

새벽에 목욕탕엘 다닌 지 오래다. 굳은 어깨와 걸핏하면 몸이 무겁고 쑤셔 다니게 된 게 버릇이 됐다. 먼 거리를 여자 혼자 차 몰고 다닌다고 걱정하더니 어느 날부터 동행해 나섰다.

엊저녁 밤잠을 설쳤다. 잠자리에서 뒤척이다 비까지 내려 스산한데 목욕탕에 갔던 길이다. 한 시간 남짓 여전 날은 밝지 않았고 어슴푸레하다. 옷을 챙겨 입고 신장을 열었는데 운동화가 보이질 않는다. 번호를 확인하고 옷장 번호까지 확인했지만 비었다.

어떻게 하나. 머릿속이 하얘졌다. 이리저리 열쇠가 꽂힌 다른 신장까지 모두 열어봤으나 어디에도 없다. 착각하고 혹 누가 신어 갔나. 별의별 생각이 다 스쳤다. 관리원 아주머니가 비상 열쇠로 신장 한쪽을 모두 열어봤지만 보이질 않는다.

혹시나 하고 손길이 뜸한 맨 마지막 아래 칸을 열자 내 것이 얌전히 놓여 있는 게 아닌가. 마음은 이미 포기했는데 반갑고 민망해 미안하다는 말을 몇 번씩 하고 도망치듯 빠져나왔다. 그제야 정신이 번쩍 들었다. 처음 신장에 운동화를 넣은 같은 번호의 옷장이 고장이었다. 다시 다른 칸의 열쇠로 옷을 넣고는 신발은 그대로 둔 채 목욕이 끝났고, 그 일이 생각나지 않았다.

새벽에 소란을 떤 게 부끄럽다는 것보다 어떻게 조금 전 일을 기억을 못 했는지 이해할 수 없었다. 예기치 못한 행동은 충격으로 왔다. 갑자기 말까지 어눌해지는 것 같았다. 평소 기억력은 좋은 편이라고 자부해 왔다. 나도 다를 것 없다는 배신감으로 자존감이 와르르 무너진다. 명치끝이 저릿하더니 입이 깔깔해 침을 삼킬 수가 없다.

남편은 이런 내가 안쓰럽기보다 속으로 혀를 찼을지 모른다. 당신은 언제까지 온전할 줄 알았느냐고. 말을 못 알아듣는다느니 걸핏하면 잘 잊어버리고 기억을 못 하느냐며 투덜거리곤 했으니까.

언제부턴가 남편이 다른 사람이 된 것 같았다. 종종 나사 풀린 사람처럼 순발력이 떨어지거나 매사에 무심하기 일쑤였다. 총명하던 사람인데 답답했다. 낯선 모습에 왜 그러느냐고 물어도 별말이 없고, 시선을 피하곤 하던 게 못마땅해 속으로 툴툴거렸다. 당당해 꺾일 줄 모르던 기세는 다 어디 갔나 속상했다.

차라리 고집을 부리고 목청을 높이면 나을 것 같았다. 서리 맞은 풀잎처럼 풀죽은 모습에 짜증을 부리다 연민으로 고개를 돌리곤 했다. 하소연을 받아주는 동생은 혀를 찬다. 언니가 욕심을 부리는 거라고. 누구나 그렇게 늙어간다는 말에도 쉽게 인정이 되질 않았다.

내 건강에 앞서 남편의 건강이 부쩍 신경 쓰인다. 앞으로 예기치 않게 찾아올지도 모를 병마가 두렵다. 얼굴에 드리워진 나잇살은 무신경해졌는데, 늘어 가는 약봉지를 챙기며 '제발 아프지 마세요.' 빌곤 한다. 예전에는 대수롭지 않게 여기던 것들도 화들짝 놀라는 건강염려증이 늘어간다.

나이 들면서 은연중 내가 보호자라는 의식이 강하다. 그동안 보지 못했던 생소한 모습으로 신경이 곤두선다. 혹 소홀한 건 아닌가. 건강보조식품을 늘어놓고 챙겨주며, 채근하는 게 참견이라고 볼멘소리해도 막무가내였다. 그건 앞으로 함께 기대고 살아야 할 울타리가 무너질 수 있다는 두려움을 애써 부정하고 싶었다는 게 솔직한 심정이다.

저녁 식탁에서다. 그동안 내 투정에 벼르고 있었던 건 아니냐고 물었다. 서로 가엾게 생각해 보듬어 사는 게 노년이라며 허허 웃는 표정이 담담하다. 내가 겪고서야 상대를 이해할 수 있다는 평범한 말이 가슴에 닿는다. 미안하다고 말을 하고 싶은데 심란한 마음으로 웃는 얼굴이 자꾸 일그러진다. 남편을 바라보는 시선이 부옇게 흐려졌다.

느긋하게 세상을 바라볼 수 있는 노년은 편안하고 여유롭게 이어질 줄로 알았다. 건강은 크게 염려하지 않았다. 그런데 푹 늘어진 눈까풀 아래로 좁아지는 세상은 갑자기 회색빛으로 다가온다.

돌이켜 보면 과거에 집착해 겨눠 보며 오늘보다 내일은 더 붉은 장밋빛을 기대했었다. '늘 이만큼만.' 더 바랄 게 없이 감사하며 살겠다는 자세를 잠시 잊고 살았다.

병마와의 싸움은 이제부터 시작일지 모른다. 가정 안팎에서 지켜야 할 정신적인 책임은 가벼워졌는데, 육체적으로 오는 병이 짐으로 올 것 같다. 하루하루가 편안하다면 겸손하게 받아들여야지.

삶은 예기치 않은 것들과 마주하는 것, 내 삶에 태클은 이제부터 시작인가. 정신 줄을 단단히 곤추세워야지.

아들의 귀환

밤에 잠이 깨면 마음이 옆방으로 건너간다. 살그머니 일어나 문 앞에서 잠든 모습을 보고 자리에 들곤 한다. 너른 방이 꽉 찬 충만으로 그동안 보고 싶었던 마음자리를 채워준다.

아들이 자가격리가 끝나는 대로 내려오겠다는 연락을 받고, 예전에 덮고 깔던 이부자리부터 손질했다. 어릴 적부터 여름철이면 인견 깔개와 홑이불에 풀을 가슬가슬하게 먹였다. 땀을 많이 흘려 몸에 달라붙지 않아 좋아했다. 엊저녁에도 손질해 두었던 이부자리를 꺼내주었더니 싱긋 웃는다. 어미의 정성이 담긴 잠자리에서 고단했던 일정을 풀어 편히 쉬라는 마음이 올올이 스며 있다.

내 품에서 살았던 기간보다 떨어져 지낸 세월이 더 길다. 졸업하고 직장 생활을 하며 해외주재원으로 여러 해를 보냈다. 지구 반대편에서 근무하다 잠시 돌아온 아들. 공항 출구로 한꺼번에 밀려 나오는 많은 사람 틈에서 단박에 찾아낼 만큼 내 촉수는 오직 아들만 보였다.

며칠 전부터 아들이 좋아하고 잘 먹던 것들을 사들였다. 휑하던 냉장고가 먹거리로 가득해 문을 여닫으며 흐뭇했다. 무얼 해줄까. 객지로 나가 있는 동안 집밥이 그리웠을 것 같아 먹고 싶었던 것을 빠짐없이 해주고 싶었다. 대학에 다닐 때다. 생선을 좋아해 방학이 되어 집에 와 있는 동안 갈치조림을 해주었다. 외출했다 돌아와 보니 접시에 갈치 뼈만 고스란히 남았다. 살을 발라 먹은 게 물로 씻은 듯 뼈가 가지런히 놓여 흰 접시에 그린 문양처럼 보였다. 시장에 가면 갈치가 눈에 밟히고 앙상한 갈치 뼈가 눈에 아른거리곤 한다.

집 살림을 이것저것 돌아보며 혹 바꿀 게 없는지 살폈다. 늘그막인데 그럭저럭 살지 하며 지낸다. 이제는 세간을 늘리고 바꾸는 일에 별로 관심이 가질 않는다. 단출하게 정리할 시기에 새살림도 짐이다. 불편을 못 느낄 때까지 쓰다 정 아쉬우면 새로 들인다. 아직도 이걸 사용하느냐고 놀라며 불편할지도 모를 어미의 생활을 섬세하게 살펴보곤 한다. 신식 살림에 익숙한 눈에 모든 게 구닥다리로 보였을지도 모른다.

아들이 쓰던 방은 별 변화가 없다. 워낙 책을 귀하게 여기는 남편이다. 자신이 공부했던 수십 년 된 전문 서적까지 보관하고 있다. 아들과 딸이 학창 시절 보던 각종 참고서며 문학지, 여러 번 읽은 무협지에 우표 모음 앨범까지. 장마가 들면 책 곰팡냄새로 눈치를 보지만 어림없다. 지나온 흔적을 함부로 버리는 게 아닌 소중한 분신이라고. 아들이 책장을 살피며 그만 정리하자 했다. 남편은 자신이 자란 추억거리가 없으면 과거를 잃어버린 것이나 다름없다고 고개를 저었다. 종종 책장 앞에 우두커니 서 있는 남편의 뒷모습을 보며 점점 왜소해 가는 게 가슴이 찡하곤 했다.

아들과 연인처럼 손잡고 걸었다. 땀이 밴 축축한 손에 힘이 들어가 억세다. 이 손으로 한 가정을 이끌어 가느라 고단했겠구나. 대견하고 한편 안쓰러워 가슴이 뭉클한다. 키가 커 올려다보며 웃고 내 발이 공중에서 경중거린다. 이렇게 신이 날까. 더없이 좋아 어린아이처럼 세상을 다 얻은 것 같다. 눈이 부시도록 푸른 하늘에 더위가 저만치 물러간다.

글을 쓰는 어미를 위해 노트북을 바꿔주었다. 오래돼 굼떠 느려도 미적거리고 있던 참이다. 아들의 주머니를 축내고 싶지 않았으나 기꺼이 받았다. 모처럼 기쁜 마음으로 생각한 선물인데 거절하면 많이 섭섭해할 것 같았다. 내가 자식들을 위해 지갑을 여는 것은 아깝거나 망설여지지 않는데, 받는 일은 조그마한 것도 마음에 걸린다. 힘들게 벌어 한 가정의 가장으로 산다는 게 얼마나 숨 가쁜지를 잘 알기 때문이다.

새 노트북에 자료를 옮겨주고 남편의 노트북은 업데이트까지. 코로나로 밖에는 나가지 않겠단다. 스마트폰이며 컴퓨터까지. 이 것저것 내 손길이 미치지 못하는 부분을 챙겨주곤 한다. 최신형 기기를 갖고도 제대로 다루지 못해 답답하고 속상한 일이 종종 있다. 묻고 또 묻고. 그렇다고 다 알 수 있는 건 아니지만, 손가락 하나 움직여 경험하지 못한 새로운 세계와 만나는 즐거움에 신이 났다. 무엇보다 유튜브에서 좋아하는 음악을 골라 듣는 재미에 푹 빠져 지낸다.

평소 자식이 어느 곳에서 살건 본인의 뜻을 존중하겠다는 생각을 갖고 있었다. 넓은 세계에서 맘껏 날개를 펴 뿌리를 내려도 좋고, 자신이 만족하고 행복하면 된다고 여겼다. 며칠 같이 있는 동안 우리 부부가 그동안 많이 외로웠다는 걸 느꼈다. 아들이 가까이에 산다면 든든해 의지하고 좋겠구나. 서로 말은 없지만, 눈치로 표정을 읽었다. 우리의 늙음은 현실 가까이에 있는데 모르는 척했을 뿐이다.

밤 깊도록 화수분 같은 지난 얘기는 끝이 없다. 며칠 곁에 있다 아들이 돌아간다. 냉장고는 아직 빈자리가 없는데 아쉬워 눈시울이 시리다. 자기 일에 열정과 성실로 임하는 아들은 불혹의 중반에 들었다. 어느새 네가 벌써…. 대견함 못지않게 가슴이 철렁한다.

여전 내 시선은 온통 아들뿐으로 보이지 않을 때까지 따라간다.

차마 지우지 못하는

새벽녘에야 겨우 잠들 무렵이다. 머리맡에서 '딩동' 문자 메시지다. 이 새벽에 웬 문자람. 비몽사몽 헤매다 정신이 번쩍 들었다. 불길한 생각에 가슴이 방망이질한다.

무겁고 깔깔한 눈으로 들여다본 문자는 이종사촌 동생의 부음이다. 창창한 앞날을 내다보는, 겨우 이순을 갓 넘겼는데 갑자기 죽음이라니.

한동안 동생의 부재가 믿기질 않아 휴대전화기를 만지작거리다 덮곤 했다. 금세 "누이, 나여." 구수한 고향 사투리로 답을 해올 것 같은 착각으로, 아무것도 손에 잡히질 않고 며칠을 불안감이 서성거렸다. 날씨도 푹푹 찌는데 뿌연 안개 같은 두려움이 뒤를 따라다니는 것처럼 기분이 칙칙했다.

동생은 겨우 여기까지가 주어진 삶의 완성이었을까. 미처 거두지 못한 일들이 옷장 속에 옷처럼 주렁주렁 걸려있을 텐데. 눈에 보이지 않는다고 마음속에 정마저 지우는 건 아니다. 검지로 동생의 번호를 길게 눌렀다. 블랙홀로 순식간에 빨려 들어가는 숫자가 흔적 없이 사라지는 게 망자의 뒷모습처럼 스산하다.

예감처럼 꼬리를 감추지 않고 맴돌던 검은 그림자는 연이어 불행한 소식으로 이어졌다. 육촌 오빠가 홀연히 집을 나갔다는 소식이 숨이 턱턱 막히는 한여름 열기 속으로 전해 왔다.

손 귀한 집안의 장손으로 맏자식을 병실에 눕혀 놓은 지 몇 해가 됐다. 희망 없는 기다림에 마음 비웠노라는 목소리가 허망하고 아프게 울려 왔었다. 거기다 갑자기 닥친 당신의 병마까지. 신변 정리를 말끔하게 해놓고 빈 몸으로 나갔다고 올케는 목이 메어 울먹였다. 마음뿐, 지독한 무게로 억눌렸을 오빠의 짐을 함께 나누어질 수 없었다. 겹쳐 일어난 우환으로 출구 없는 현실에서 가출이라는 선택을 할 수밖에 없었을 오빠. 고뇌에 찬 모습이 어른거려 늘 가슴에 누름돌을 얹혀 놓은 것처럼 답답했다.

어릴 적부터 오빠는 무엇이든 척척 해결해 주는 내 우상이었다. 동갑내기로 육촌 간이지만 생일이 몇 달 앞선다는 것으로 깍듯이 오빠라 불렀다. 절대적인 지지를 허물어 버린 일이 없다. 촌수를 떠나 둘도 없는 오누이로 의젓하게 오빠 몫을 넘치게 해주었다. 한 번도 그런 간격을 늘이거나 줄이는 일 없이 각자 가정을 꾸리고도 여전했다.

고향 생각이 간절한 날은 전화 통화만으로도 위로가 됐다. 여섯 살 무렵인가. 늦봄의 추억은 지금도 그 모습 그대로 떠올릴 만큼 선명하게 남아있다. 오빠는 높은 벚나무에 다람쥐처럼 올라 버찌를 바가지 가득 따주었다. 입술이며 노란 인견 저고리 앞섶이 온통 보 랏빛으로 물들었던 날들. 뻐꾹새 울 적마다 밭에선 흰색, 보라색 감 자꽃이 벙긋 열렸다. 손에는 감자꽃을, 치마폭엔 버찌를 싸안고 입 안 가득 씨를 물고 후후 불며 집으로 오던 길은 햇볕이 얼마나 따스 웠던가. 한 편의 수채화로 남은 기억은 나를 울먹이게 하는 아릿한 그리움이다.

올해 들어 지인이나 친지의 부음이 부쩍 많다. 그럴 때마다 나는 어디쯤 와 있을까. 막연하나 예고 없이 닥칠 수 있다는 현실로 온다.

이제는 '죽음'을 받아들이는 마음의 준비가 필요한 즈음이라는 것. 끝이 보이지 않을 것 같던 생의 종점이 언제든 내 것이 될 수 있 다는 생각에 다다른다. 지인의 죽음 앞에서 나를 돌아보며 예정 없 이 다가올 일을 어떻게 맞이해야 하나. 알 수 없는 그 날은 어떻게 무엇으로 올지. 조용하고 가볍게 나지막한 문지방을 넘는 일로 왔 으면 바랄 뿐이다.

아침이면 약을 규칙적으로 입에 털어 넣는다. 전에 대수롭지 않 게 지나치던 미미한 통증도 득달같이 병원을 갈아타며 다닌다. 두 둑한 약봉지를 들고 약국을 나서며 한 알의 약에 의지하는 나약해 진 내게 연민을 느낀다. 어쩌면 조그마한 알약 하나가 내 삶을 주체 하고 있는 것은 아닌지. 그동안 살아오면서 쌓인 앙금이 병마로 마 귀같이 달려들 것 같은 두려움으로 온다.

잠들지 못해 뒤척이는 밤이면 고요한 숲길을 심란한 바람이 헤집는다. 잠깐 눈을 붙인 사이 초췌한 모습으로 낯선 거리를 헤매는 오빠를 만났다. 반가움에 방향 없이 비틀거리는 오빠의 손을 잡고, 울면서 집으로 가자 매달리다 잠이 깨기도 했다.

어느 날은 어둠 속에서 오도카니 앉아 오빠에게 전화를 건다. 왠지 내 전화는 틀림없이 받을 것 같은 확신으로. '제발 내 전화 받아.' 찰카닥 신호음이 끊기고 메마르고 탁한 목소리로 답을 해올 것 같아 가슴 졸인다. 그러길 몇 번, 맥없이 손이 풀리고 뜬 눈으로 새벽을 맞는다. 가뭇없이 사라질까 이름 석 자를 응시하는 눈빛이 안타까움으로 흔들린다.

'오빠 속히 돌아오세요.' 고통은 바람이 되었다 강물로 흐르면서 헌 옷처럼 빛바래질 테니 혼자만의 세상에서 빗장을 풀고 아무렇지도 않게….

떡보는 무엇이 되었는지

금방 방앗간에서 찾아와 떡이 말랑말랑하고 따뜻하다. 냉동실에 콩고물 묻힌 인절미를 꺼내 먹기 좋게 나누어 채웠다. 굳이 채웠다고 하는 것은 양이 많기도 하지만, 그렇게 해야 허한 속을 가득 채운 것처럼 든든하다.

어릴 적부터 편식이 심했다. 떡보라고 불릴 만큼 그나마 먹는 게 떡이었다. 곳간 열쇠를 쥔 할머니께서는 입이 궁하거나 식구 생일이 돌아오면 떡을 해주었다. 콩고물이나 팥고물을 입힌 인절미를 조그마한 개다리소반에 가지런히 가득 담았다. 먼저 안방 성주님과 조상님께 올리고, 식구들과 둘러앉아 시원한 동치미 국물과 곁들인 맛은 별미였다. 어느 때는 인절미에 물려 다른 떡이 먹고 싶었지만, 어렸으나 쌀이 귀한 때라는 것을 어렴풋이 알고 있었다.

그 시절 시루떡을 만들기는 복잡하긴 했다. 방앗간이 멀었다. 가루를 내려면 절구통에 불린 쌀을 넣고 힘들게 절구질로 떡방아를 찧어야 했다. 체에 가루 내리기를 여러 번 시간이 오래 걸렸지만, 밥

먹기도 어려운데 떡쌀 찧는다는 걸 이웃들이 알까 조심스러웠다.

인절미는 불린 찹쌀을 시루에 쪄 절구통에서 찧었다. 두툼하고 긴 참나무 도마에서 콩고물이나 팥고물을 반죽에 버무려 네모반듯하게 썰어내던 솜씨. 손끝이 야물고 얌전한 티가 돋보이는 순간이다. 일부러 뭉툭하게 썬 첫 떡은 당연히 내 차례였다. 어떤 의미인지는 잘 몰랐지만, 맏이의 앞날에 대한 간절하고 애틋한 기도가 담겼던 건 아니었을지.

밥알이 반인 인절미는 씹는 맛이 있어 고소함이 더했다. 떡이 약간 굳어 있을 때 찹쌀 특유의 쌉싸래한 게 씹을수록 달착지근한 맛으로 변한다. 부엌 살강 위 삼베 보자기로 덮은 대나무 떡 동구리는 내가 자란 힘의 원천이었다. 굳은 떡은 속이 출출한 새벽이나 저녁 무렵, 화롯불이나 아궁이에 석쇠를 올려놓고 말랑말랑하게 구워 먹었던 맛은 잊을 수 없다.

초가을 무렵이면 햇찹쌀로 빚은 인절미 생각이 간절하다. 바닷바람이 동구 밖으로부터 거슬러 불어오던 한여름이다. 사랑방에서 내다본 들녘엔 푸른 파도가 넘실거려 풍요를 꿈꾸게 했다. 윗배미 다랑논이 누렇게 익어가며 붉은 노을을 업은 벼 이삭이 치자색 비단 자락처럼 일렁이던 풍경은 장관이었다. 윗배미 곁의 둠벙에서 흐르는 도랑에 민물새우와 미꾸라지도 통통하게 살이 올랐다. 햅쌀로 지은 밥에 새우를 넣은 무조림은 가을에만 먹을 수 있었던 특별한 음식이다. 온 동네가 바심으로 바쁘던 추수 때는 인절미가 새참으로 나올 만큼 푸짐하게 먹을 수 있었다.

초등학교를 외가에서 다니던 시절이다. 손녀 생일을 앞두고 조부모님께서 먼 길을 해 질 무렵이 되어 터벅터벅 걸어오시던 모습은 지금도 눈에 선하다. 바가지 가득 인절미를 담고 조기, 민어포며 해산물까지 골고루 챙겨 오셨다. 바가지에 담긴 노란 콩고물을 묻힌 인절미는 다랑논에 출렁이던 황금물결이 소복하게 담겨 있었다. 가시를 발라 밥에 얹어 주시던 힘줄 툭 불거졌던 할아버지의 손은, 지금까지 가슴에 각인된 채 나를 일으켜 세운 버팀목이다.

서울 나들이 때면 종종 인사동을 찾는다. 골동품이며 고서적, 화랑, 표구점, 전통공예품까지. 오랫동안 고풍스러운 옛 물건들이 빛을 보았던 역사가 숨 쉬는 거리다. 우리 고유문화의 향기는 간데없이 인사동 옛 모습이 많이 훼손되고 있는 게 아쉽다. 관광객을 상대로 한 상품이 즐비한 모퉁이에 조그마한 떡 카페가 자리했다. 진열장에 보기 좋게 나열된 떡이 먹기 아까울 정도로 예쁘게 고루 빚어, 외국인들의 호기심을 끌고 있었다. 우리의 전통 떡을 알리는 데 한 몫을 할 수 있겠다는 생각이 들었다.

요즈음 음식은 본래의 맛을 잃어가고 있다. 퓨전이라는 이름으로 현대인의 입맛에 맞추는 시대다. 떡이라고 예외는 아니다. 옛날은 재료 자체의 순수한 맛이라면 지금은 빚는 이의 생각을 첨가해 다양한 재료를 넣어 만든다. 전통도 흐름을 따라 어울려야 이어 갈 수 있고, 옛 맛만을 고집할 수는 없다. 음식도 시대의 변천에 따라 유행을 따르는 패션과 같다는 생각이 든다.

지난여름 속탈로 고생을 했다. 육신의 아픔은 정신적으로 해이해질 때 비집고 찾아오는 병일지 모른다. 맛있는 음식을 앞에 두고 마음대로 먹지 못하는 것도 고통이었다. 마음을 다독이며 기력을 잃은 몸을 추스르고자 애썼다. 그나마 송편, 시루떡이며 인절미를 번갈아 먹을 수 있어 견뎌냈다. 두툼하게 썬 첫 인절미가 내 몫이었던 유년이 그리워지곤 했다. 떡을 귀한 약으로 생각하며 기도하는 마음으로 먹었다. 역시 떡은 내 소울푸드다.

어릴 적 할아버지께서 산을 둘러보러 간다거나 논에 물꼬를 보러 가실 때, 나를 바지게에 태워 다니셨다. "이건 네 논이고 저 앞산이며 산 밑 밭도 네 것이니라." 명심하라 당부하시던 할아버지. 동네 어른들이 혀를 차던 목소리가 귓가를 맴돌곤 한다. "딸을 저렇게 키워서 무엇 하려고." 지금은 딸도 귀하게 받들어 키운다. 그러고 보면 우리 집에선 선견지명이 있었던 건 아니었을지. 완고하던 시절에 딸이라고 차별하지 않고 큰 사랑으로 키워 주신 마음을 헤아려보곤 한다.

떡보는 지금 무엇이 되어있는지. 인절미 앞에서 목이 멘다.

홀로 식탁에서

남편이 외출한 후, 음악을 들으며 느적거리는 시간이 호젓하다. 혼자 먹자고 차리기도 귀찮아 점심은 대충 때우기로 했다. 별생각 없이 우걱우걱 숟가락질하다 울컥 목이 메었다. 국물도 없이 남은 밥에 김과 김치가 전부다. 차림도 후줄근한데 먹는 게 더 초라한 내 모습에 정신이 번쩍 들어 수저를 놓았다. 스스로 푸대접하는데 누구에게 대접받기를 기대할까.

나이 들면 밥이 곧 보약이라 한다. 편한 게 좋다고 게으름 피우다 자신에게 홀대해 놓고 마음이 착잡하다. 찬이 없어도 새로 지은 따뜻한 밥 한 그릇이면, 혼자 먹더라도 속이나마 따스했을 것 아닌가.

가끔 푸짐하게 차린 밥상이 그리울 때가 있다. 자식들을 끼고 살 때는 이것저것 만들어 놓으면, 남는 것보다 부족한 게 오히려 많았던 시절이다. 맛나게 먹던 모습으로도 훌쩍 크는 게 보이는 것 같아 뿌듯했다. 여자는 출산 후 탯줄을 끊자마자 가슴 풀어 젖을 먹이는 것으로 어머니의 책임이 시작된다.

여럿보다 두 식구 찬이 더 신경 쓰인다. 양을 줄여도 번번이 남아 들락거리다, 아깝다고 버리지 못해 혼자 몫이 되곤 한다. 손맛이 예전 같지 않다는 말에 입맛도 나이 들면 변한다고 변명하지만, 틀린 말은 아니다. 남이 차려 준 밥상이 그리워 한 끼 정도는 사 먹는 게 낫다고 맛집을 찾아다니는 것도 이젠 물린다.

아이들이 온다고 하면 냉장고부터 채운다. 어미가 만든 음식이 그리웠을 것 같아 함께 먹고 싶었던 것들을 빠질세라 사들인다. 배를 곯고 사는 것도 아닌데 마치 허한 내 속내를 채우기라도 할 것처럼, 한 점이라도 더 먹여 보내고 싶어 안달이다. 도시의 삶은 늘 숨가쁘다. 엄마 곁에 오는 건 휴식이라 생각하는 자식들이다. 잠시나마 푸근하게 쉬어 가는 휴식처가 되고 싶은 게 어미의 마음이다.

세탁기에 빨랫감을 한두 가지 넣고 돌리기가 애매해 웬만하면 손으로 주물러 넌다. 건조대에 널린 몇 안 되는 옷가지는 빈 나뭇가지에 매달린 색 바랜 낙엽같이 무채색이다. 마치 늦가을로 접어든 노년의 삶처럼 쓸쓸해 보인다.

골목길을 걷다 알록달록 바람결에 나부끼는 빨래를 보면 마치 지난날 우리 집을 보는 것 같다. 빨랫줄에 가득 널렸던 옷가지는 한창 풋풋했던 시절이었다. 새물내 나는 빨래에서 남편과 아이들의 고단하나 건강한 일상의 체취가 흠뻑 배어 있었다. 물오른 나무 같았던 그때는 왕성한 식욕만큼, 무엇을 하고 싶은지 꿈으로 부풀었던 시절이었다.

옛날처럼 자식들에게 수발을 받기는 요원한 세상이다. 평생 내 손으로 치다꺼리하다 가야 한다. 결국, 마주 앉아 함께 밥을 먹을 상대도 부부뿐이다. 아직은 자식보다 여위어 가는 남편의 등이 더 따뜻하고 편하다. 뜨거운 열정보다 서로 안쓰럽고 측은하게 여기며 사는 게 저물어 가는 부부의 애틋한 정이다.

5월은 가정의 달이다. 같이 밥을 먹어야 가족 간에 애착이 생기는데 한자리에 모이기가 쉽지 않다. 성대한 축하 행사나 효도 잔치도 좋지만, 가족끼리 오순도순 보낼 수 있는 자리를 마련하는 것도 좋을 듯하다. 따뜻한 밥 한 끼 같이 먹으며 그간 서로 소홀해 서운했을지도 모를 시간을 오붓하게 보낸다면 더 의미 있으리라.

동행, 이 사람이 아니었다면

병실에서 겪은 일은 많은 것을 생각하고 깨닫게 했다. 병상을 마주 보고 누워 있는 분은 망백을 넘긴 환자였다. 간병인이 없는 날은 성치 못한 몸으로 노부인이 병시중을 들었다. 하루에 몇 번씩 기저귀를 갈거나 욕창이 생길까 몸을 돌려 뉘고 식사 수발까지. 아침이면 더운물에 수건을 적셔 온몸을 닦아 드리고 면도까지 잠시 쉴 틈이 없었다.

부부란 무엇인가. 우리는 서로 어떤 존재로 살아왔나. 그분들을 물끄러미 바라보다 소용돌이처럼 갈등과 의문이 들었다. 남편의 전부를 속속들이 다 안다고 생각하다가도, 생판 모르는 낯선 사람처럼 속을 알 수 없다는 생각이 들 때가 있다. 피를 나눠 얻은 자식이 둘을 엮는 끈이 되었을 뿐, 돌아서면 흔적 없는 무채색일 것 같다. 이 사람이 아닌 다른 사람과 맺어졌다면 어떤 삶을 살았을지. 뒤돌아 가고 싶었던 순간이 왜 없었으랴. 그 마음이 나만도 아닐 것이다. 남편도 그러할 것이란 생각이 들면 곧 자신의 거울 같아 속내를 들킨 듯 얼굴이 붉어졌다.

혼자 몸도 감당하기 힘든데 배우자의 치다꺼리에 숨차다고 호소하는 노년이 많다. 둘만의 단출한 생활인데도 몸이 예전만 못해 짜증만 늘어 티격태격 다툼이 잦고, 서로 고집만 부린다고 답답해한다. 그래도 믿고 의지할 사람은 남편이요, 아내라는 마음엔 이견이 없다. 자식에게 서운한 마음이 들 때도 결국 부부뿐이라는 생각도 한결같다. 부부 생활은 가장 어려운 수행이라고 한다. 함께 있을 때 비로소 완전한 동행이 된다.

수술로 해쓱해진 남편 모습이 측은하고 복잡했다. 거칠 것 없이 뜨거운 열정으로 젊음을 보냈던 시절이 언제였나. 누군가 먼저 떠나고 홀로 될 삶이 곧 현실이 될 날도 멀지 않았다. 예고 없이 찾아올 그 날 이후, 남은 자의 힘겨운 생활이 눈에 아른거린다. 자식과 함께 산다면 더없이 좋겠지만, 아직 짐으로 얹히고 싶은 생각이 없다. 그렇다면 혼자의 삶을 어떻게 살아가야 좋을지. 품위를 잃지 않고 초라하지 않게 살 수 있는 남은 시간을, 진지하게 준비할 필요가 있다고 남편에게 넌지시 건넸다.

깊은 우물처럼 가라앉은 수술실 앞 대기실에서 여섯 시간의 기다림은 후회와 자책으로 얼룩진 시간이었다. 남편의 그늘이 품고 있는 내 가정이 얼마나 소중한지를. 살아오는 동안 그렇게 긴 시간을 초조와 두려움으로 보낸 적이 없었다. 물 한 모금 마시지 못하고 수술 진행 과정이 모니터에 오르내리는 자막에 한시도 눈을 뗄 수가 없었다. 걸핏하면 남편에게 최선을 다해 당신에게 헌신적이었다고 버릇처럼 공치사를 해왔다. 마치 혼자 일방적인 희생으로 살았던 것처럼 섭섭했던 마음은 온데간데없었다.

공교롭게도 우리 부부는 잇달아 병으로 고생을 했다. 성치 못한 몸으로 서로 위로하며, 병과의 동거도 순리로 받아들이며 사는 게 늘그막 삶이라 다독였다. 금슬이 좋아 병까지 같이한다는 주위의 우스갯소리에, 이젠 마주 보며 웃을 만큼 여유가 생겼다. 함께 가고 있는 길 종착역은 어디쯤일지. 하루가 소중하고 아까운 시간이다. 서로 더없이 좋은 동반자로 힘들 때는 든든한 조력자가 되는 버팀목이었다.

네 탓 내 탓 하지 말고 너그러이 품어 안고 살자. 곁에 있어 함께 늙어 간다는 것만도 감사할 일이요, 둘을 잇고 있는 인생 완주로 가는 길 위 아닌가. 농익은 과일로 익어가다 어느 날 함께 꼭지가 떨어지는 복이라도 주어진다면, 더 바랄 게 없겠다는 생각을 해 본다.

2부

그 바다의 아침

세모시 적삼 도련을 곧고 가늘게 박아 찬사를 듣던
섬세한 솜씨는 간데없고 재봉질이 엉망이다.
삐뚤삐뚤 이리저리 선을 이탈한 흔적은,
마치 굽이굽이 걸어온 당신 삶의 궤적 같았다.

그 바다의 아침

집어등 불빛이 달빛인 양 흘러들어 방안이 교교하다. 바다를 향해 무릎 세워 턱을 고였다. 멀고 가까운 빛의 지느러미가 캄캄한 바다 위에서 꼬리를 흔들고, 어스름한 눈가에 집어등이 조롱조롱 매달린다.

모로 누워 밤바다를 품는다. 잠들지 못하는 바다에서 낚아 올린 비릿한 냄새가 엷은 해무로 피어오른다. 설핏설핏 몽롱한 의식의 낚싯줄에 걸린 고기들의 숨 가쁜 헐떡임, 사금파리 같은 비늘이 반짝인다. 해조들의 부드러운 춤사위와 어우러진 한 마리의 치어가 난데없이 성어로 유영하다 깨어나곤 한다.

밤바다가 궁금했다. 무심히 볼 수 없었던 검푸른 얼굴이다. 가마우지와 갈매기가 잠들고 있을 칠흑 같은 밤바다는 어떤 얼굴을 하고 있는지. 지난밤 반달은 어디쯤에서 이울고 있는가를.

한낮 햇볕에 뜨겁게 달구어진 갯바위에 누워 밤이슬 맞은 체온을 데워, 온몸의 실핏줄 활활 당겨 잠자는 오감을 깨우고 싶었다.

차르르차르르 겹겹이 밀려오는 파도의 속살거림을, 홀로 외로울 바다에 말을 걸어 갈망의 늪에서 벗어나 뚜벅뚜벅 걷고 싶은 욕망을 깨우려 했다.

밤새 퍼 올리는 그네들의 비밀스러운 사랑놀이가 궁금했을지도 모른다. 아니 북청색 밤하늘에서 별똥별이 우수수 떨어지는 설익은 꿈을 꾸었을지도. 밤새 목마름으로 뒤척이며 바라보던 창이 우윳빛으로 밝아 온다.

서둘러 숙소를 나선다. 눅눅한 갯바람으로 목덜미에 솜털이 곤추선다. 해무가 얄브스름하게 수면 위로 내려앉은 새벽, 아직 바다는 깨어나지 못한다. 밤새 어선들이 은밀한 속살을 헤집어 놓았다. 품에서 키운 것들을 떠나보내려 고단했던 바다도 신열로 열꽃을 피웠을까. 밤을 밝혔던 어선들이 포구로 돌아가고, 몸살을 앓는 그도 혼곤한 늦잠에 빠졌는가. 숨죽여 잠잠하다.

좁은 농로 길은 바다를 향해 구불구불 이어졌다. 발이 이끄는 곳곳은 글 한 줄 쓰다 말다 멈춘 행간 속의 나와 마주하기. 앵돌아선 나를 위한 기도의 걸음이다. 발등을 스치는 이슬 얼마 만인가. 대지의 영혼이 흘리는 눈물이 그렁그렁하다. 순례자의 고행처럼 맨발로 걷고 싶은 샛길이다. 오래전 왔던 곳처럼 어느 밤 꿈길에 헤매던 길 같이 낯익다.

새벽 바다 체취는 농이 짙다. 파란 파래가 쌓이고 쌓여 허옇게 신음하는 방파제상처를 갯바람이 흔들어 덧낸다. 등대는 외로워도 폭풍을 두려워하지 않는단다. 어둠의 길잡이 고독한 파수꾼은 늠름하다. 그도 이제 휴식으로 돌아갈 시간이다.

한 번쯤 다시 찾아와 쉬게 될지도 모를 여행자의 숙소는, 더할 수 없이 산뜻한 외양으로 바다를 안뜰로 품었다. 마당 귀퉁이 꽃밭에 가슴 설렌다. 미풍에 흔들리는 그들에게 한 발 디밀고 싶은 유혹을 발이 차마 멈칫거리며 망설인다.

툴툴 굴러오는 고물 트럭 한 대가 아침 정적을 깨운다. 시선이 따라간 숙소 뒤란 풍경에 고개를 돌렸다. 온갖 생활 쓰레기가 수북하게 쌓여 있다. 꽃을 품었던 마당과 사뭇 달라 눈을 감았다. 사람이야 더 말할 나위 없어야지만, 아름답다는 것은 보이는 부분만이 아닌 내밀한 곳에도 진실을 담을 것이다. 그뿐이랴. 해안가에 밀려온 쓰레기는 어찌하나. 해풍에 부대끼고 파도에 시달린 그것들의 여정도 고달파 보인다. 치유가 어디 사람뿐이랴.

엇나간 풍경으로 홍겹던 사유의 숲에 심란한 바람이 분다. 예정없이 숲에도 폭풍은 휘몰아친다. 덤불 속에 핀 인동꽃의 달콤한 향기가 아니었다면, 눈 감고 귀 막은 채 난파선으로 침몰했을지도 모른다. 언젠가 이곳도 개발이라는 수레바퀴가 지나가겠구나.

멀리 포구에선 부지런한 어선 한 척이 하얗게 물살을 가른다. 몸 가벼운 숭어 새끼 한 마리가 허연 배를 드러내며 폴짝폴짝 뛰어오른다. 내 고단했던 깔깔한 눈꺼풀이 환하게 열린다. 그의 자그마한 몸짓이 잔물결로 일렁이며 안개 걷히듯 팔팔한 생명력으로 파동 친다. 언덕에선 초여름 연록의 풍경이 수런수런 말을 걸어온다.

주춤주춤 노 저어 가지 못하던 내 안의 바다. 격랑의 물결에 숨 고르며 다독이던 시간이었다. 다시 멎었던 시침을 돌려놓을 수 있을지. 태풍에도 꿈적 않고 침잠해 들었던 갈색의 해조 숲에 치어들의 지느러미 짓으로 술렁거린다. 기지개 켜는 파도는 먼 항해를 떠나기 위한 숨 고르기인가.

나른한 피곤이 뿌듯한 충만으로 출렁이는 아침. 해맑은 민낯의 바다에 조심스레 닻을 올린다.

사진 속의 가방

계절의 교차점에 섰다. 한 자락 햇볕이 아쉬운 시간이다. 여름 내 서랍 속에서 곰팡냄새에 묻혔던 것들을 햇볕에 내어 쬔다. 눅눅했던 것들이 옹그렸던 체온을 보송보송 데운다. 내게도 더위로 질척거리던 감정이 똬리를 틀고 있을지 모른다. 그렇다면 청량한 초가을 바람에 휘휘 헹구고 싶은 날이다.

계절이 바뀔 적마다 옷장이며 서랍 속의 잡동사니를 뒤적여 걸러내는 작업을 한다. 웬만하면 미련을 갖지 말자 다짐을 하지 않으면, 미적거리고 망설이다 노상 해를 넘기기 반복이다. 시야에서 멀어졌던 물건이 별달라 보인다거나 새것이나 다름없는 것과의 해후는, 숨겨진 보물을 찾은 양 횡재한 기분이 들곤 한다.

이런 우연찮은 만남으로 켜켜이 개어 놓은 옷을 뒤적이는 손이 은근히 기대감에 달뜬다. 옷장 속에 걸려있던 주머니 속 꼬깃꼬깃 구겨진 지폐 한 장의 기쁨, 동동대며 찾다 손 놓고 아쉬워하던, 어디쯤 걷다 쪽지에 끼적거렸던 글귀 한 줄에 환호한다.

점점 버릴 것이 많아지지만 새로 채울 것도 별로 없다. 물욕에 대한 욕심으로 허둥거렸던 지난 시간을 돌아본다. 마음의 서랍만 두둑하다면 손에 잡히는 물질의 풍요에 그리 매달려 애쓸 게 있을지. 욕심 없이 세상을 바라볼 수 있는 나이려니 하며 담담할 뿐이다.

가장 정리하기 어려운 게 사진이다. 순간의 추억이 깃든 것으로 삶의 과정이 담긴 이력이나 다름없다. 내 것은 과감하게 정리할 수 있지만, 지인들이나 아이들의 모습은 함부로 내치기가 망설여진다. 그렇게 쌓인 게 더 짐이 되곤 한다.

별러 떠난 여행지에서 사진을 찍지 않기로 다짐했었다. 홀가분하게 두루 보고 느껴 가슴에 담아 오면 그만이라 여겼다. 유명 관광지에서 사진기를 들고 씨름하느라 정작 중요한 것을 놓치고 후회하는 일이 많았다. 무엇보다 빡빡한 여정에 절어 후줄근한 모습이 적잖이 실망스러웠다.

정작 돌아와서 얼마간의 시간이 흐르면, 도대체 그곳을 언제 갔었나 싶게 기억이 나질 않는다. 믿고 맡긴 머릿속 창고가 믿을 게 못 된 셈이다. 생각 끝에 인물을 뺀 풍경을 찍어 왔다. 그 속에 있다는 상상만으로도 즐겁고 기념품으로 손색이 없다.

요즈음 앨범에 들어가지 못한 사진 한 장에 혼자 실실 웃는다. 누렇게 변한 여고 시절 수학여행 때의 모습이다. 시월 중순인가. 기차를 타고 해인사를 거쳐 불국사로의 여행이었다. 한동네 살던 단짝 친구는 형제 여럿인 집의 딸이다. 여행 가방을 살까 말까 고민하는 내게 말했다. 갓 결혼한 언니가 신혼여행 때 갖고 갔던 것을 함께 쓰면 어떻겠느냐고. 서로 교대로 들면 편할 것 같아 선선히 답했다. 비닐 트렁크 가방에 반반 짐을 쌌다. 여행 중에도 교복을 입었던 시절이라 꾸릴 짐이 별로 없었다. 속옷 몇 벌에 세면도구와 체육복으로 채운 가방은 두 몫을 넣고도 공간이 많이 비었다. 끌고 다닐 바퀴도 없어 손잡이를 들면 땅에 끌려 아래로 짐이 몰리고 윗부분이 쿨렁거렸다.

우리는 서로 거들며 서울역으로 갔다. 부끄럽다거나 창피하다는 생각은 들지 않았다. 관심을 보이는 사람도 없었고 사는 게 다 그러려니 힘들고 바쁜 시절이었으니까. 친구들은 입을 다물지 못할 만큼 어이없어했다. 한 사람 들어가도 되겠다고. 그제야 수학여행 가방치곤 너무 크다는 걸 알았으나 문제 될 게 없었다. 짐을 옮길 적마다 가방이 커 버겁긴 했으나, 그게 여행 내내 분위기를 부채질해 웃음거리가 됐다.

마지막 밤을 불국사 곁 여관에서 눈 붙일 사이도 없이 어울리다, 이른 새벽쯤인가 짐을 챙겨 석굴암 해돋이를 보러 나섰다. 가로등도 없는 산길을 가방을 머리에 이거나 들고 오르는데, 숨이 차고 귀찮다는 생각도 들었다. 굽이굽이 황토 자갈길은 가팔랐고 왜 그리 멀던지. 나중에야 알았다. 결혼하고 휴가차 갔던 그 길은 차로 오르는데도 만만치 않다는 걸. 수학여행 때의 기억이 떠올라 우리들의 순진하고 유쾌한 추억이 떠올라 감회가 깊었다.

대구에서 마지막 완행 밤 기차를 기다리다 남은 시간에 과일 공판장에서 특산물인 사과를 한 바구니 샀다. 출출하던 참에 쪼그리고 앉아 먹은 사과가 기막히게 맛있었다. 우린 쿨렁거리는 가방 가득 사과로 채우고 어떻게 들고 왔는지는 기억에 없다.

여행 뒤 단연 화젯거리는 한 장의 사진이었다. 사진이 돌고 돌며 친구들은 책상을 두드리고 발을 구르며 배를 잡고 깔깔댔다. 필름 몇 통을 인화한 틈에 사방이 희끄무레한 여명 속에 찍힌 모습이 희미했다. 교복 상의 흰 깃이 유난히 선명한데 가방을 인 게 나였다. 친구가 기념될 거라며 장난치듯 셔터를 눌렀었다. 가방 속 짐이 양쪽으로 몰려 개 헛바닥처럼 늘어지고, 내 얼굴은 큰 가방에 묻혀 보이질 않은 채 팔을 휘저으며 걷는 모습이라니.

오랜만에 전화통에 매달려 격조했던 친구들과 수다를 떨었다. 우린 예전 그대로였다. 변한 건 아무것도 없는데 주름만 늘어간다는 말에 서로 헛헛하게 웃었다. 추억은 이런 것이로구나. 지난 일이라고 서둘러 정리할 게 아닌가 보다. 간직했다 꺼내 보는 맛, 다시 돌아갈 수 없는 흔적이 이리 소중한데. 요즘 아이들은 이런 해묵은 추억 한 컷 가질 수 있을까.

첫맛

제주인의 입맛을 사로잡는 자리가 맛이 제일 좋다는 시기다. 통통하게 살이 오른 것들이 좌판에서 눈을 부라린 채 비늘을 번득인다. 씨알 굵은 것을 골라 회를 떠 저녁상에 물회를 올릴 예정이다.

남편은 토속 음식인 자리물회를 유달리 좋아해 초여름부터 즐겨 먹는다. 흠이라면 작은 몸집에 비해 깊은 맛은 있으나 가시가 억세 여간 조심스럽지 않다. 칼슘이 풍부하고 뼈까지 씹어야 자리 본래의 맛을 음미할 수 있단다. 치아가 성할 때는 작은 것을 통째 꼬리를 잡고 된장에 찍어 먹는 게 제맛이라며 즐겼다.

어느 날부터 이가 말썽을 부리기 시작하더니 임플란트를 해야 하는 처지가 됐다. 그렇게 자주 먹던 것을 맘대로 먹기가 불편해졌다. 노상 노래를 부르며 입맛만 다시는 모습이 딱했다. 궁리 끝에 한번 회처럼 포를 떠볼까 하는 생각이 들었다. 첫 시도는 서툴러 엉망이었다. 손에 쥐고 주물럭거리다 뭉개지면서 열기로 싱싱한 맛을 잃어버리기 일쑤였다. 접시에 올린 누더기 같은 살점이 보기 민망했다. 그래도 맛있다 달게 먹는 모습이 흡족해 동기 부여가 됐다. 정작 나는 입에 넣지도 않으면서 시어머님께서 해 주셨던 맛은 어떤 맛이었을까 가늠해 보곤 했다.

반복된 작업에 제법 기술이 늘었다. 보기 좋게 뜬 회를 보고 있으면 스스로 감탄할 정도다. 손기술이란 타고난 재능도 있어야겠지만, 노력에 따라 발전 가능성은 무한하다는 걸 새삼 느끼게 됐다. 일본 여행길에 사 온 칼이 예리해 한몫했거니와, 내 솜씨도 대단하다고 자랑하게끔 늘었다. 서로 어울려 호흡을 맞추며 무생물 쇠붙이의 성정을 이해하고 다룬 덕이다.

자리와의 첫 대면은 결혼하던 해 여름이었다. 신혼의 남편은 노상 자리젓이며 물회 노래를 불러댔다. 도대체 무슨 생선인데 저러나 싶게 궁금증이 컸다. 제주에서 얼음에 채워 공수해 온 자리. 민물 붕어를 닮은 앙증맞아 귀엽긴 한데 생선이라고 하기엔 이를 데 없이 초라해 보였다. 내 눈엔 별로 발라먹을 게 없어 보였다. 조그마한 몸집에 비늘은 많고 도대체 뼈는 왜 그리 억센지.

허겁지겁 굶은 사람처럼 비늘도 치지 않고 통째로, 그것도 날것을 된장에 꾹꾹 찍어 먹는 모습이 황당해 놀랐다. 비린내 풀풀 풍기는 그걸 맛있다고 먹는 게 이질감으로 와 한 뼘쯤 정이 멀어진 기분마저 들었다. 서툴러도 식성을 맞추려고 부엌에 들어가면 정성을 기울이던 시절이다. 까다롭게 느꼈던 게 오히려 소탈하다 할까. 별스러운 먹성을 가진 사람으로 다가왔다.

후일 제주인은 자리를 가장 즐겨 먹는 여름철 음식으로 많은 사랑을 받고 있다는 걸 알았다. 자리물회와 더불어 곰삭은 자리젓을 비릿한 콩잎에 얹어 먹는 걸 한철 별미로 여긴단다. 다른 찬이 필요 없이 더위에 지친 식욕을 돋운다니, 타향에서 사는 사람들이야 오죽 그리우랴.

나이 들면 은연중 잠자리의 머리 방향도 고향으로 두게 된다고 한다. 그러기에 태어난 고향의 바다, 그 토양에서 생산되는 재료로 만든 음식을 갈망하는 일은 자연스러운 일이다.

어릴 적 먹었던 음식은 성인이 되면 더 간절해진다. 순수했던 미각에 어머니의 손맛에 익숙한 담백한 맛과 식습관은 평생을 간다고 한다. 그건 정신적인 곳간이 허허로울 때, 부족한 양분을 채워 주는 어머니의 초유와 같은 보양식이나 다름없다.

요즈음 아이들은 패스트푸드며 인스턴트, 퓨전요리에 익숙하다. 경제 성장에 따른 생활 수준이 향상되면서 먹거리 문화도 한층 고급스럽게 변화하고 있다. 우리 고유의 음식보다 새로운 것을 즐겨 익숙한 세대다. 토속 맛을 모르고 자라는 것은 그들에게 고향이 없는 것이나 다름없다. 먹거리에서 향토 음식이 사라진다는 건 아쉬운 일이다. 최근 로컬 푸드 운동으로 학교 급식을 장려하는 것도 바람직하다. 전통적인 먹거리에 대한 무관심은 우리 음식문화의 상실로 이어질 수 있다.

가끔 내 고향 음식이 간절히 먹고 싶을 때가 있다. 가물거리는 기억을 혀끝에 올리고 싶은 뒤끝으로 여지없이 병이 따른다. 마치 진이 다 빠져나간 것처럼 몸이 아프다. 심신이 헛헛하다는 신호다. 대단한 것도 아니다. 지금 그런 게 남아있을지도 모를 것인데 몸이 기억하고 요구를 한다.

새끼로 엮여 처마 밑에 걸렸던 빛바랜 시래기며 마른 산나물, 시렁에 줄줄이 매달린 소금에 절여 말린 짜디짠 생선, 어릴 적 입맛에 길들인 첫맛을 잊지 못한다.

개 팔자 상팔자

젊은 부부가 제주로 여행을 오는가 보다. 아내는 강아지 한 마리를 품에 안고 남편은 이동용 집과 용품을 양손에 들었다. 주인의 겨드랑이에 코를 박은 채 졸고 있는 강아지를 아기에게 하듯 토닥거리며 어른다.

저 모습이 부부의 아기를 안은 모습이라면 참으로 보기 좋았을 텐데. 비행기가 굉음을 내며 이륙하는 순간, 놀란 강아지가 낑낑거리기 시작했다. 부부는 주위의 시선보다 강아지를 달래느라 더 애쓴다.

개가 비행기를 타고 여행이라니. 개를 애완견이라 하다가 격을 높여 반려견으로 불리게 되면서 그들의 신분 상승을 실감케 한다. 반려동물이 사람과 동등한 대우를 받으며 호사를 누리는 시대다. 어떤 주인을 만나느냐에 따라 금수저니 흙수저로 불릴 만큼, 애완동물 세계에도 신분의 차이가 생기는 세태다. 잡종 개의 서러움이 사람 사는 세상에 부자와 빈자로 등급을 가르는 것과 다를 게 없어 보인다.

예전에 개는 대문 앞에서 집을 지키던 충직한 동물이었다. 언제부턴가 집 안에서 생활하며 누리는 혜택은 사람 못지않다. 돈과 기르는 시간이 아깝지 않다는 애호가들로 동물병원, 호텔, 유치원, 카페까지 성업 중이다. 더 나아가 줄기세포로 치료까지 한다고 한다. 웬만한 사람이 쉽게 접할 수 없는 의료서비스까지 받고 있다. 이런 기세에 애완동물 시장이 급속한 성장세를 타는 세태다.

넓은 공원은 주말을 맞아 상춘객들로 붐빈다. 만개한 벚꽃 아래 끼리끼리 봄을 만끽하고 있다. 그 틈에 애완견을 데리고 나온 가족이 많아 놀랬다. 몸집이 작은 것부터 웬만한 송아지쯤 되는 것까지. 함께 산책하거나 놀아주면서 교감을 나눈다. 잘 먹이고 사랑받는 만큼 귀티가 줄줄 흐른다.

치장도 대단하다. 수컷과 암컷을 구분하는 옷치장이 패션쇼를 방불케 한다. 털을 깎아 늘씬한 다리를 자랑하고, 목걸이에 예쁜 리본을 맨 게 영락없는 그들 세계의 패션 스타다. 스스럼없이 개한테 엄마라거나 아빠니 하는 호칭은, 개는 그냥 개라는 개념을 가진 나로서는 듣기 거북하다. 애정 넘치는 주인의 표정에 어리는 행복감은 자식에게 쏟는 애정과 다를 것 없어 보인다. 재롱부리는 귀여운 모습은 단연 공원의 볼거리다.

그뿐이랴. 영양제와 홍삼 성분을 첨가한 프리미엄 사료가 개발됐는가 하면, 유기농 이유식과 간식에 과일까지. 주인과 식탁에서 함께 먹고 침대까지 들락거리는 장면을 눈앞에 대하며, 개 팔자 상 팔자란 말을 실감한다. 출생에 따른 이력이 붙고 몸값이 상상을 초월하는 애완견도 있다고 한다.

오래전에 독거노인들이 적적함을 달래기 위해 말동무 삼아 키우면 좋다고 했다. 어린이의 정서 발달에 도움이 된다고 하자 외둥이 가정에서 입양하는 사례가 늘었다. 그만큼 영물이다. 각박한 세상이다. 동물과의 동거는 우리 사회가 그만큼 고독하다는 게 아닐까. 사랑을 나눌 상대가 없다는 것은 정신적으로 사람을 피폐하게 한다. 핵가족 시대에 저출산으로 인한 외로움을 나눌 대상으로 애완동물이 빈자리를 차지하게 됐다.

어느 젊은이는 결혼은 생각이 없단다. 대신 애완견이나 키우며 살겠다는 생각이 최근 들어 유행처럼 번진다. 한가정의 일원으로 자식처럼 자리매김한 애완동물의 자리가 새삼스럽지만은 않게 됐다. 그 정성으로 아이를 낳고 키운다면 좋으련만…. 아직 모른다. 나이 들면 자식이 기둥이고 울타리라는 것을. 강아지를 안고 희희낙락하는 젊은 부부를 보면 못내 아쉬움을 떨치지 못한다.

애지중지 키우다 사정이 여의치 않으면 버리는 유기견도 적지 않다. 상처 입고 거리를 배회하며 주인을 기다리는 애처로운 모습은 참으로 딱하다. 그러다 먹이를 얻기 위해 들개로 변해 가축을 축내거나 사람을 위협하는 사례가 늘고 있다. 인간의 무책임한 처사가 배반을 모르는 동물보다 못하다는 생각이 든다. 반면, 몹쓸 병에 걸리면 거금을 들여 수술도 마다치 않는, 어쩌면 가족이라는 울타리에서 바라보면 고개가 끄덕여진다.

손자와 손녀는 강아지를 키우자고 조른다. 조만간 한 마리를 입양하게 될 것 같다. 집 안에서 동물을 키우는 걸 별로 좋아하지 않는 남편은, "이제 너희들 집에 못 오겠다." 짐짓 눈치를 봤더니 "걱정하지 마세요. 할아버지 오시면 제 방에 묶어 둘게요." 한다.

방학 때는 개 호텔에 맡기고 오라 했더니 주인하고 떨어지면 정서 불안증에 걸려 안 된단다. 여차하면 올여름에 우리 부부는 개 할머니, 할아버지 노릇을 할지도 모르겠다.

잠들지 못하는 밤

종일 내리던 비가 저녁에도 그칠 기미가 보이질 않는다. 자리에 누워 창문을 두드리는 빗소리를 들으며 뒤척였다. 설핏설핏 내 의식의 날개는 빗방울을 따라 가뭇없이 흘러가다 말갛게 깨어나곤 한다.

종일 에어컨 바람에 시달려 머리가 무겁다. 더운 열기는 한풀 꺾였지만, 후텁지근한 바람으로 쉬이 잠들지 못한다. 만물이 어둠에 잠긴 시간에 듣는 빗소리는 나지막한 피아노 소리처럼 정겹다. 애써 잠을 청하기보다 이 순간을 즐기며 사유의 숲을 소요한다. 무엇이든 기다리는 일은 일방적인 짝사랑과 같아 애태울수록 더 멀어진다. 눈을 감고 베개를 높이 고여 심신을 집중하면, 명상에 든 것같이 마음이 차분하게 가라앉는다. 불면의 밤을 보내려면 한여름 밤의 신기루 같은, 허망한 꿈이라도 꿔 보는 것도 좋겠다.

저 비의 언어로 한 폭의 그림을 그린다면, 한 편의 수필을 완성할 수 있다면 어떤 어휘로 나열할까. 머릿속에 물감과 자판기를 펼친다. 그림을 구경하는 것은 좋아하나 그리는 재주는 영 없다. 물감을 확 풀어 붓이 가는 대로 따라가면 추상화 한 폭 될 수 있을지. 내 사유의 뜰은 열기로 풍성하다.

턴테이블이 딸린 덩치 큰 오디오기를 처분하고 후회를 많이 했다. 요즈음은 그 자리를 유튜브가 채워줘 음악 감상에 푹 빠져 지낸다. 피아노곡은 불면증에 도움이 된다고 한다. 통통 튀는 얌전한 빗방울 소리를 연상시키는 비 오는 밤은, 쇼팽의 '빗방울 전주곡'이 어울린다.

쇼팽이 폐결핵으로 건강이 좋지 않았다. 작가이자 연인 조르주 상드와 요양 차 지중해 마요르카섬에서 머물 때였다. 폭우가 쏟아지는 날이다. 외출해 돌아오지 않는 연인을 기다리며 작곡한 작품이다. 간절한 기다림은 추녀에서 떨어지는 빗방울 소리를 악상으로 연결했다. 초조했을 쇼팽의 마음처럼 차분하게 가라앉은 서정적인 곡이 내 연인을 기다리는 것 같은 애잔한 마음에 젖는다.

불을 밝혀 책을 볼 수도 있지만, 밤에는 일상의 모든 일을 내려놓는 시간이다. 되도록 시계도 보지 않고 밤이 깊어 간다고 안달하지도 않는다. 떠오르는 생각을 따라갈 뿐이다. 전혀 생각지도 못한 일이 떠오르거나, 언제 한 번 가본 것 같은 낯익은 풍경 속에 홀로 서 있곤 한다. 공상의 씨줄 날줄로 이리저리 이어보다, 머릿속에 글 한 줄 써넣거나 대궐 같은 누각을 짓다 허문다. 그러다 선선한 새벽 바람에 스르르 늦잠에 들면 더없이 달콤한 단잠에 빠진다.

더위로 지친 이들이 새벽잠에 곤히 빠진 시간이다. 무거운 몸을 훌훌 털고 일어나 한가한 공원 숲을 걷는다. 수국과 어울려 아가판서스가 한창이더니 요즈음 부용과 맥문동꽃이 만개했다. 새벽바람에 한들거리는 보라색 춤사위가 눈부시다. 이슬 머금은 그들의 모습을 휴대전화에 담는 것도 소소한 즐거움이다

　장마철에 기분을 밝게 해주는 꽃이 능소화다. 먼 길을 돌아 그 곁으로 가곤 했다. 복스러운 소녀 같은 얼굴로 칙칙한 풍경을 환하게 밝히는 꽃이다. 지금쯤 탐스럽게 만개한 능소화가 비로 시달리겠구나. 축대 밑에 붉은 낙화가 낭자하게 널브러져 있을 텐데. 귀한 꽃이 길바닥에 누웠을 것 같아 마음 쓰인다. 먼저 그곳으로 가리라. 한 움큼 주워 베란다 행운목 곁에 뉘어 줘야지. 여름 동안 나를 기쁘게 해주다 한 해를 마무리하고 떠나는 꽃이다. 그 사위어 가는 모습을 곁에서 지켜보며 작별하고 싶다.

속 깊은 우물

노안인 줄만 알았다. 안경을 쓰고도 침침해 답답하다 하시면, 돋보기 도수를 높이면 괜찮을 거라고 무심히 말했다.

눈에 띄게 활처럼 휘어가는 허리가 안쓰러워 돌아오는 길에 눈물을 훔쳤다. 하늘을 우러러 살아도 한 점 부끄러움 없을 아흔 살을 훌쩍 넘긴 어머니. 점점 시선이 아래로 향하는 어머니를 보면 마음이 아렸다. 얼마나 더 낮은 삶을 사시려고…. ㄱ자처럼 굽으며 작아지는 몸집에만 신경이 쓰였다.

잠옷이 후줄근할 즈음이면 딸들에게 부드럽고 매끄러운 천으로 잠옷을 만들어 주셨다. 잠깐이면 마감할 일을 눈이 어두워 며칠을 씨름했다고 한다. 쓸쓸하고 허무한 표정으로 당신 생전에 손수 지어 주는 마지막 선물이 될 것 같다 하신다.

세모시 적삼 도련을 곧고 가늘게 박아 찬사를 듣던 섬세한 솜씨는 간데없고 재봉질이 엉망이다. 삐뚤삐뚤 이리저리 선을 이탈한 흔적은, 마치 굽이굽이 걸어온 당신 삶의 궤적 같았다.

그제야 가슴이 덜컥 내려앉았다. 돋보기만의 문제는 아니었다. 곧 백내장 수술을 받을 예정이다. 얼마 남지 않았을 앞날이다. 미처 보지 못할 세상을 생각했다. 볼 것 못 볼 것 다 겪으며 살아왔지만, 아직 더 즐길 것들이 많지 않을까 하고. 새삼스레 바랄 게 무엇이 있겠느냐며 작은 것에 기뻐하는 분이다. 지금도 어린아이처럼 호기심 많다. 무엇이든 배우는 일이라면 마다하지 않으신다.

나도 예전 같지 않게 눈이 침침하다. 책을 읽거나 글을 쓰며 은연중 미간을 찌푸리게 된다. 거기다 눈물까지 적어졌다. 어릴 적부터 눈물이 많았다. 주위에 일어나는 가슴 아픈 일이나 연속극이며 영화를 보다 감정의 늪에 빠져 걸핏하면 운다. 어른이 되어도 변하지 않았다. 이런 성정이 딱해 아직도 나잇값 못하는 미성인은 아닌가 자문하곤 했다.

십여 년 전부터 책이나 신문을 볼 때 돋보기를 쓴다. 컴퓨터에 글을 쓰다 눈에 모래알 굴러다니듯 깔깔하고, 부옇게 시야가 흐려지는 일이 자주 생겼다. 노안에다 컴퓨터 작업으로 눈을 너무 부린 탓이다. 물기 없는 눈에는 자신의 체액이 필요하다. 한데, 언제부턴가 별스럽게 질척거리던 눈물이 인색해졌다.

전처럼 슬픈 일이 생겨도 마음뿐, 눈은 아린데 눈물이 나오질 않는다. 감정도 예전처럼 나긋나긋하거나 풍요롭지 못하다. 육체에 물기가 말라 심신이 함께 건조해지는 건 아닌가 하는 생각이 든다.

의사 선생님은 눈을 아끼란다. 피곤한 날은 인공눈물을 듬뿍 넣는다. 마치 서러운 일 겪은 듯이 눈물이 주르르 흐른다. 그럴 때면 마른 울음이 아닌, 속울음으로 가슴까지 흠뻑 젖어 들길 바라곤 한다.

잠시 일상을 내려놓는다. 눈을 감고 숨을 고르면 서서히 평온이 찾아온다. 머릿속으로 내가 좋아하는 예쁜 꽃과 아름다운 자연경관을 떠올리며 생각의 뜰을 정갈하게 비질을 한다. 몸과 마음이 고요해지면 복잡했던 일이며 힘들었던 것들이 봄눈 녹듯 스러진다. 이 생각 저 생각 넘나들다 어느새 깊은 사유의 갈피에 접어든다.

어둠 속 고요 속으로 걸어간다. 검정에 숨어 있던 프리즘 따라 숨을 고르며 내면의 길을 찾는다. 내 안의 숲을 더 넓고 풍요롭게 가꾸고 싶은 열망으로 출렁인다. 이 순간은 성찰의 시간이다. 세상의 빛과 소리를 결별한 무의식 속으로 잦아든다.

내 진정한 몸짓과 소리에 귀 기울인다. 무엇을 위해 어떻게 살아왔으며, 앞으로 어떤 삶을 살 것인가. 나의 거울 앞에 침묵으로 서 있다. 살아온 연륜만큼 귀와 눈은 열리지 않았다. 깊은 우물을 품지 못해 단순히 보고 듣는 게 전부인 것처럼 살아왔다. 시야는 좁을 수밖에 없었고 미욱함에 가려 넓은 세상을 읽지 못했다.

내가 지나왔던 결핍의 시절을 돌아본다. 이 지점에서 자칫 방향을 잃으면 나머지 삶은 또 엉뚱한 곳으로 흐를지 모른다. 겸허한 자세로 굴절 없는 지혜의 눈을 떠, 빛나는 나의 별을 볼 수 있기를 소망한다.

종종 네팔의 히말라야 트래킹을 꿈꾼다. 신들의 땅이라 불리는 그 기슭에 삶을 부리는 네팔은 그리움이다. 그곳에서 가난한 마음의 곳간을 풍성하게 채우고, 순수했던 시절로 돌아가고 싶은 열망이 꿈틀거린다. 할 수 있다면 신이 허락해야만 오를 수 있다는 설산 히말라야를 가슴으로 뜨겁게 품고 싶다.

네팔 사람은 순정한 영혼으로 삶의 전부를 오로지 신과 함께 하는 사람들이다. 가진 것 없어도 티 없이 따뜻한 구릿빛 미소와 맑고 깊은 눈은 가슴을 시리게 한다. 속된 문명에 때 묻지 않아 한 끼 굶지 않고 배만 채우면 행복해하는 그들이다. 작은 것을 소중하게 여기는 원시의 삶에 마음이 끌린다.

내 안에 속 깊은 우물을 품고 싶은, 슬그머니 무거운 눈꺼풀을 내리는 이유다.

호박 한 덩이

동문 로터리 버스 정류장 주변은 오래전부터 할머니들의 장터가 열리는 곳이다. 초겨울 북풍을 등지고 할머니는 호박을 팔고 있었다. 늦둥이 애호박 몇 개와 노르스름한 늙은 호박 세 덩이에 발이 멈췄다.

어머니는 윤기 자르르 흐르는 연둣빛 애호박과 누렇게 잘 익은 호박을 내놓았다. 몇 번이고 더 갖고 가라 채근했지만, 짐이 무겁다고 한 개만 갖고 내려왔었다. 새우젓에 볶아 맛있게 먹으면서 후회했다. 간절히 주고 싶어 하셨던 마음이 꼭 호박만은 아니었을 거라는 늦은 생각으로 목이 메었다. 빈손으로 보내고 싶지 않았던 깊은 마음을 헤아리지 못했다.

추석이 가까울 무렵이다. 몇 달째 코로나19로 갇혀 답답해하셨다. 바람도 쐴 겸, 마늘을 사러 청량리 경동시장에 갔다가 지하철 에스컬레이터에서 넘어지셨다. 어머니의 김치는 맛있기로 소문나 딸이며 손자들까지 퍼 나른다. 힘들어도 일상의 낙으로 여겼다. 국물이 알싸해 시원한 동치미, 아삭거리는 총각김치며 깍두기까지. 배추김치는 삼삼하고 담백한 맛이 그만이다. 김치를 담아 추석 때 모이면 먹이고 싸 보내려고 하다 사고가 났다.

다행히 가벼운 뇌출혈로 입원하셨다가 병원 생활을 못 견뎌 서둘러 퇴원을 하셨다. 모든 것을 포기한 것처럼 맥을 놓은 낯선 어머니의 손을 잡고 눈물을 흘렸다. 구십 삼세로 적지 않은 연세다. 자식들은 물론 충격으로 음식이 목으로 넘어가지 않을 만큼 입맛을 잃었다. 당신은 영 회복 못 한 채 그대로 명을 놓을 것 같다며 두려운 빛이 역력했다. 좋아하는 냉면이며 고향에서 간장게장을 주문해 드렸다. 고향 음식이라고 맛나게 드시는 걸 보면서 한시름 덜었다.

지금까지 크게 병치레하신 적이 별로 없다. 어머니 덕에 자식들이 효자라는 말을 듣곤 했다. 부지런하고 활동적이라 모이면 먼저 노래방에 가자 하신다. 오래전 전국노래자랑대회에서 최우수상을 받은 후, 지하철을 타고 노래 교실을 신나게 다니셨다. 하고 싶은 것 즐기고 싶은 것을 부지런히 찾아다니며 노년의 삶을 즐기시던 어머니. 신앙심이 깊어 일요일이면 성당에 미사 드리러 가는 걸 큰 기쁨으로 여겼다. 아직 널려 있을 어머니가 보지 못한 세상을 맘껏 즐기시라고 응원하곤 했다.

조그마한 텃밭에서 봄부터 갖가지 채소를 기르신다. 여름내 상추를 길러 나눠 주고, 열무로 물김치를 담아 자식들에게 보낸다. 상추와 깻잎, 쑥갓을 제주까지 택배로 보내와 맛있게 먹는다. 고구마를 심어 겨울 간식거리를 준비하고 호박 넝쿨을 언덕으로 올렸다. 올여름은 비가 잦아 호박 농사가 시원치 않을 것 같아 낙심했는데, 늦게 주렁주렁 열렸다고 좋아하셨다. 어머니 텃밭 채소는 자식들에게 끊임없이 보내는 원초적 모성의 영양공급처다. 한여름 입맛을 잃었을 때, 어머니의 숨결이 느껴지는 어린 푸성귀에 큰 위안을 받곤 한다.

황망하게 올라가면서 어머니가 잘못될까 두려웠다. 당신은 이제 가도 원이 없다 하신다. 죽음보다 거기까지 다다르는 동안 병치레로 인한 고통, 자식들에게 짐이 될까 두렵다고 나지막하게 속내를 드러냈다. 따뜻한 봄날 훈풍에 날리는 꽃잎처럼 가벼이 가시길 소망하면서.

성탄절이 얼마 남지 않았다. 명동성당에 미사 드리러 갈 수 있기를 손꼽아 기다리지만 여의치 않을 것 같다. 코로나가 어머니의 소망을 저버리지 않기를 바라며 호박 한 덩이 갖고 내려왔다.

기름떡과 화전

고소한 냄새로 뱃속이 요동을 쳤다. '꼬르륵' 소리가 곁의 시어른들께 들릴까 얼른 자리를 빠져나왔다. 한창 달아오른 연탄불 위 프라이팬에서, 유채 기름에 노릇노릇 익어가는 별 같은 기름떡에 시선이 벗어나질 않았다.

결혼 한 달 후, 시아버님 제삿날을 맞았다. 정월이다. 눈보라까지 몰아쳐 정신을 차릴 수 없을 만큼 추운 날이었다. 모두 바쁘게 돌아가 점심을 제대로 먹질 못했다. 새댁이라고 조신해야 하는 낯선 도시의 어렵기만 한 큰집이다. 내 마음을 알아 챙겨 줄 아무도 곁에 없었다.

누군가 따뜻할 때 하나 먹어보라고 슬쩍 건네줄 만도 한데, 감히 제상에 올릴 제물을 버르장머리 없이 덥석 집어줄 사람이 있겠는가. 종일 종종걸음으로 부엌 언저리를 맴돌며 서툴게 허드렛일을 거들다 파제를 맞았다. 내 몫이라고 받은 접시에 놓인 기름떡에 눈물이 핑 돌았다. 자정을 훨씬 넘긴 시각이다. 저녁도 대충 먹었다.

다 식은 떡 한 조각은 무엇에 비유할 수 없을 만큼 달콤해, 긴장으로 춥고 옹그렸던 마음이 한결 누그러졌다.

유년 시절이다. 산과 들이 온통 꽃물로 출렁이는 이른 봄에 증조부님 제사가 있었다. 어머니와 소쿠리를 들고 뒷산에 올랐다. 갓 피기 시작하는 분홍 진달래꽃을 따고, 밭둑에 갓 돋아난 어린 쑥과 노란 민들레꽃을 땄다. 쌉싸름한 찹쌀 반죽을 동그랗게 빚었다. 풍로에 숯불을 피우고 솥뚜껑을 뒤집어 화전을 지졌다. 들기름을 두르고 보시기로 찍어 낸 동그란 떡을 노릇하게 지지다, 진달래꽃이나 민들레꽃을 얹고 쑥으로 모양을 냈다. 싸리 채반에 가지런히 놓였던 색색의 화전은 먹기가 아까울 정도로 고왔다. 봄 향기가 모락모락 번져 우중충한 부엌이 고소하고 상큼한 내음으로 진동을 했다.

제주의 기름떡과 내 고향 화전이 비슷하다. 시아버님 제삿날 뱃속이 요동쳤던 것은, 바다 건너 낯선 곳에서 고향 음식을 만났던 반가움이 더 컸던 것 같다. 설 즈음에 고아 두었던 수수 조청을 화전에 찍어 먹었다. 설탕이 귀해 단맛에 목말랐던 시절이다. 입으로 들어가는 순간 말랑말랑하고 달콤한 맛에 온몸이 환호하던 기억은 지금도 군침이 돈다.

단맛이 가미되지 않은 기름떡은 순수한 그대로 고소한 맛이 깊다. 충청도 내륙지방의 화전이 곱게 치장한 도회의 맛이라면, 제주의 기름떡은 담백한 자연이랄까. 수수했던 제주의 삶을 닮은 떡이다. 화전은 맛과 눈으로 즐기며 먹는 떡이다. 화전놀이 겸 여자들의 수다는 낮을 피한 저녁에, 동네 아녀자들의 봄맞이 놀이를 하던 모습이 눈에 선하다.

제주에 정착하며 시어머님 제사를 우리가 모시게 됐다. 그때는 음식을 이것저것 많이 했다. 친척이 많기도 했거니와 떡 욕심이 많다. 집안 제삿날이면 어른들은 내게 듬뿍 얹어 줄 만큼 떡 좋아한다고 소문이 났다. 우리 집 제삿날 제수용 음식을 차리러 온 친척들이 놀랄 만큼 기름떡을 푸짐하게 했다. 굳은 떡을 몇 날을 먹어도 질리지 않았던 건, 어쩌면 내 안의 외로움이 깊었던 걸 아니었을지.

남편의 고향이지만 내겐 타향이다. 쉽게 마음을 붙일 만한 아무 것도 없어 늘 외톨이 같이 겉돌던 시절이다. 노란 유채꽃이 환장할 만큼 아름다워도 거칠게 불어대는 삼월의 바람은, 나를 제주에서 밀어내는 것 같은 소외감이 들곤 했다. 토박이 사람은 순박해 친근감이 들었지만, 오랫동안 도저히 친숙해질 수 없었던 게 바람이었다. 아무것도 마음을 붙일 수 없어 혼자 눈물 글썽이며 공허함에 시달리곤 했었다. 그나마 집안의 잦은 제사에 기름떡이 조그마한 위안거리였지만, 제주의 춘삼월 바람처럼 심란했던 시절이다.

누구나 외로움 하나쯤 품고 산다. 의지해 위로받을 수 있는 대상이 꼭 사람만은 아닐 수 있다. 자기가 좋아하는 것에 마음을 붙이고 위로받는 것 중에, 맛있는 음식을 먹으며 달랜다는 이들이 있다. 정신적인 빈곤을 육체의 포만감으로 채우는 것 이리라. 그 시절에 바로 내가 그랬던 것 같다.

요즈음 제사 의례가 간소화됐고 음식도 많이 줄였다. 이리저리 반이라고 돌리던 풍습도 자연 멀어졌다. 지금도 제사하면 기름떡을 떠올리지만, 입맛도 세월 따라 변했는지 예전만큼은 못하다. 마트에 가면 갖가지 떡에 시선이 꽂히긴 한다. 잠깐 발이 멈춰 살까 말까 망설이다 그냥 돌아선다.

기름떡에 위로받지 않아도 단단하게 뿌리 내려 거칠게 밀어내는 봄바람에 흔들리는 내가 아니니까.

꽃잎처럼 가벼이

평소 TV 여행 채널을 즐겨 시청한다. 현실감은 없지만 내 집에 앉아 지구촌 곳곳을 구경하는 재미도 쏠쏠하다. 오래전 갔던 여행지를 화면에서 만나는 반가움은 첫사랑처럼 애틋해 그립다. 다시 저곳을 갈 수 있다면 하는 아쉬움과, 미처 보지 못했던 풍경은 동경으로 설렌다.

코로나19로 전 세계가 빗장을 걸었다. 세계를 자유롭게 넘나들었던 여행객들의 발이 묶였다. 언제 문이 활짝 열릴지 가늠할 수 없다. 앞으로 선뜻 내 나라를 떠나는 여행은 두려움으로 쉽지 않을 것 같다. 더 늦기 전에 한곳이라도 더 가고 싶었다. 저물어 가는 인생을 행복한 추억으로 몸이 허락한다면, 되도록 멀리 여의치 않다면 가까운 곳도 좋다. 차일피일 미루다 난데없이 코로나19에 발목이 잡혔다. 하릴없이 단념해야겠다는 생각으로 기울자 차라리 홀가분하다.

단지 코로나19 문제만은 아니다. 최근 행동반경이 좁아졌다는 걸 느끼고부터다. 가을이면 빠짐없이 다랑쉬오름을 올랐지만 두 해를 걸렀다. 거기다 높고 낮은 오름이며 휴양림을 찾던 나들이가 줄었거나 아예 못 간 지 오래다. 매일 집에서 걸어 돌아오던 별도봉 둘레도 몇 달째 발길이 뜸하다. 점점 좋아하고 즐기던 것들이 서서히 줄어들고 있음을 실감하고 있다. 나만 달라지는 게 아니다. 노상 찾던 곳도 오랜만에 보면 예전 같지 않다. 내가 변해 가는 동안 세상의 사물도 옛 모습을 잃어가고 있는 걸 보면서, 쓸쓸한 심정을 다독이기는 쉽지 않았다.

오랫동안 인연을 맺고 있는 의사 선생님의 조언을 예사롭게 넘길 수 없다. 이제는 하고 싶고 좋아하는 것을 조금씩 멀리해보라 한다. 역 버킷리스트를 한번 생각해보라는 뜻이다. 욕심에 매달려 옥죄는 삶을 살지 말라는 조언이 가슴에 닿았다. 여기저기 기웃거리며 숨 가쁘게 달려온 길이, 심신을 황폐화한 건 아니었는지를 돌아보는 계기가 됐다. 종종 지식과 상식이 풍부하지 않아도 살아가는데 부족함이 없다는 걸 느낄 때가 있다. 지금까지 얻고 쌓은 것 중에서 무엇부터 멀리해야 할지. 가려내는 일을 서둘러야 할 때가 된 것이다.

세끼 거르지 않고 먹고 자고 하는 변화 없는 생활은, 행동의 관성적 반복일 뿐 큰 의미를 부여할 일은 아니라 여겼다. 비슷한 일상이 어느 날 가장 엄숙한 삶의 의식 중 하나라고 깨달았다. 생존의 근원이자 원초적인 것, 귀중한 것을 알지 못했던 우매한 생각을 현실로 받아들였다. 욕심에 가려 높은 곳만 바라보느라 정작 소중한 것을 놓친 건 얼마나 많으랴.

나이 들면 한층 현명해진다고 한다. 살아오면서 겪은 경험과 지혜가 원숙함을 낳고, 세상을 바라보는 마음이 넓어지는 자연스러운 변화가 아닐까. 담담하게 인생을 관조하는 생활로 돌아서면, 한결 여유로운 삶을 살 수 있을 것 같다. 주위를 의식하지 않고 욕심을 줄이면 실천도 쉬우리라. 일상을 가볍게 어떤 의미를 부여하지 말고 무심하게 사는 것도 현명하게 사는 방법이 아닐지.

이제부터 자식들과 거리 두기도 필요한 시점이다. 나이 들어가며 품을 떠난 자식에 대한 애정도 일종의 집착이다. 간섭과 바람은 내 품에 가두고 싶은 욕심이 아니겠는가. 오래전 가정을 이루었고 성숙한 사회인이다. 거리 두기로 그만큼 거리에서 지켜보며 응원하면 되는 것이다.

올가을에는 야고와 솔체꽃을 만나러 다랑쉬오름을 오르고 싶다. 바람에 흩날리는 꽃잎처럼 가벼이.

삶의 추임새

뽀얗게 삶아 널은 빨래가 눈부시다. 매끄러운 바람 한 자락이 새 물내를 헤집어 날린다. 흰 빨랫감 속에 울긋불긋 꽃무늬 베갯잇이 색 바래 후줄근하다.

어느 날부터 살림살이가 나를 닮아 가고 있구나. 하는 생각이 들자 싫증으로 이어졌다. 아무렇지 않게 내 손길로 아낌을 받던 가구며 주방 살림까지. 구질구질하고 칙칙한 그림자로 낡아 가는 모습이 눈엣가시로 박힌다.

새것에 그다지 욕심을 부린 일도 별로 없었고, 그런대로 불편을 모르고 꾸려 왔었다. 느는 살림이 거추장스러워 하나를 얻으면 하나를 버리라는 말처럼, 간결하게 꾸려 가자는 원칙이었다. 창고에 넣어두고 쓰지 않으려면, 망설이지 말고 버리라는 게 주변에서 흔히 나오는 얘기다. 속내를 굳이 내놓지 않더라도 빤한 것, 나이 들수록 짐을 덜어 홀가분하게 살다 가자는 마음일 거다.

아깝고 귀하다고 고이 간직했던 것들이 구닥다리로 변해 간다.

애지중지한들 막상 자식들에게 물려 줄 만한 것도 없다. 고스란히 변변하지 못한 것들로 차지한 자리가 짐이 된 현실이다.

방과 거실이며 주방까지 흰색으로 도배를 했었다. 깔끔하게 보이는 점도 그렇고, 좁은 공간을 넓게 보이기 위한 시각적인 면도 생각했다. 벽에 몇 점 걸었던 액자며 가족사진을 모두 내렸다. 노상 시선을 잡아당기던 것들이 사라지자, 눈에 매달리는 것 없는 여백이 한가롭고 여유로웠다. 환하게 웃고 있는 아이들 사진이 마음 쓰였지만, 그도 이미 지나간 시간 속 모습이라는 생각이 들었다.

미처 생각지 못한 일이다. 얼마 전부터 흰 살결에 염치없이 덮어 씌우는 기미처럼, 흰 벽지에 누르스름하게 배어 나오는 오래된 흔적이 거슬린다. 그도 세월 값이라면 그러려니 할 수 있을 텐데, 저걸 어쩌나 숨이 턱턱 막힌다. 한 번 털어내고 걸러내야 할 일거리들이다. 움직이는 일이 더 힘들어지기 전에 골라 뒤집어야 할 것이 마음뿐, 힘든 노역을 생각하면 선뜻 손대기 겁난다.

가끔 집안 분위기에 변화를 주며 살라고 한다. 그도 일상의 활력소가 될 수 있으리라. 같은 물건이라도 놓이는 위치에 따라 느낌이 다를 수 있다. 식탁 위에 한 송이 꽃이 분위기를 돋우듯, 조그마한 변화가 생활을 여유롭게 한다는 것쯤 알면서도 늘 덤덤하게 살아왔다.

낯가림처럼 변화에 대한 두려움도 내겐 유별하다. 수년을 간직한 물건이나 가구도 변함없이 같은 자리를 차지하는 것에 안정감을 느꼈다. 달리 생각하면 게으른 모습으로 보이겠으나 이순을 넘자 더 골이 깊어졌다. 어느 날 그 자리에 있던 물건을 찾지 못하고 허둥거릴 때의 당혹감은, 기억 상실로 연결되고 두려움으로 왔다. 한동안 김치냉장고를 바꿀까 말까 고민했다. 아직 더 쓸 만한데 종종 속이 복잡해지는 때가 있다. 욕심부려 먹은 뱃속처럼 비좁은 공간에서 찾고 넣고 하는 일이, 두 식구 살림인데도 먹거리 채우는 게 복잡해지자 짜증스러웠다. 내가 얼마를 살 거라고 답답하게 이러고 사나. 주저 없이 큰 용량으로 들여놨다.

구형 물건이 나가고 새것이 들어오던 날이다. 나답지 않게 오래 정붙이고 살던 것에 조금도 아쉬움이 들지 않았다. 정신적인 곳간이 헛헛하다고 물질적인 풍요로 대신할 수 없다고 생각해 왔다. 한데 내가 움직일 공간은 더 좁아졌으나, 산뜻한 색상에 세련된 모델이 집안의 칙칙한 그늘을 벗겨낸 것처럼 흡족했다.

점점 새로운 주방 기구며 간편한 조리기능을 갖춘 신 가전제품에 눈길이 쏠린다. 누렇게 변해 가는 벽지도 걷어내 산뜻하게 도배를 하고 싶고 이참에 새로 들일 게 뭐 없나. 전에 없이 요란한 조짐이다. 점점 감정의 소용돌이에 휘둘릴 것 같아, 숨 고르며 흔들리는 내 안의 풍경을 바라본다.

잘 마른빨래를 훌훌 털어 걷다 내가 반복의 일상에 변화를 갈망하고 있는 게로구나. 베갯잇에 손길이 닿는 순간 퍼뜩 떠오른 생각이다. 이것저것 먼지처럼 가볍게 털어 낼 수 없는 답답함으로, 끊임

없이 밀고 당기는 감정이 충동질하는가 보다.

새삼스러운 변화의 갈망은 욕구불만이 아닌 새로운 것에 도전일 수 있다. 그렇다면 내게 일어나고 있는 일들은 비상을 위한 날갯짓이라 해도 좋을는지. 변화는 두려움이 아닌, 의욕은 앞서는데 욕구를 충족시키지 못한 열망이 꿈틀대고 있다는 것이라고.

내게 글쓰기도 여전히 난제다. 손 내밀면 멀리 달아나다 어느새 정겹게 말을 걸어오는 종잡을 수 없는 숙제다. 황량한 빈 들을 혼자 걷고 있는 쓸쓸함, 어느 날은 홀연히 그 끈을 놓으라고 유혹을 한다. 모든 것은 이것으로부터 시작되고 있는데, 알면서 모르는 척하고 있지 않으냐고. 일상을 어떤 추임새로 흥을 돋울지.

글귀들이 실없이 실실 웃으며 나와 줄다리기를 즐기고 있는 것 같다.

3부

헛꿈

가끔 내 그릇에 담겨 있는 것들이 넘치는가.
부족한가. 내 몫으로 어울려 가당한지를 생각할 때가 있다.

늙느라고 그래

칫솔을 입에 문 채 거울 속의 나와 눈이 마주쳤다. 부스스한 머릿결에 핏기없는 얼굴은 게으름만 묻어있다. 만사가 흥미 없다는 듯 심드렁한 표정이다. 어쩌다 내 뜰에 빛과 색이 퇴락해 가는구나.

두 해 걸쳐 크고 작은 일을 겪었다. 반갑지 않은 것들이 진드기처럼 달라붙더니 몸이 힘들어졌다. 먼저 자리한 골칫덩이가 잠잠하면, 다른 통증이 슬그머니 똬리를 트는 연속이다. 영혼이 고통의 고삐에 매달려 조롱당하는 것처럼 끌려다녔다. 정신이 이탈되어 알 수 없는 마법에 시험당하는 것만 같았다.

별것 아니라고 생각한 것들이 난데없이 나와 잇고 있는 깊고 얕은 인연과 꼬이고 엮였다. 성숙한 어른인 줄 알았는데 턱없이 미숙해 나이로만 살았다는 생각이 들었다. 나를 들여다보는 시선에 여유가 부족했다. 그만큼 각박하게 살았나 하는 자괴감에 서글펐다.

심신이 시달리자 욕구가 사라지고 하고 싶은 것과 해야 할 것에 무심해졌다. 욕망이 사라졌다는 건 모든 걸 포기했다는 의미가 될 수 있으리라. 그로 인해 마음이 편하다면 더없이 좋은 일이다. 재물이나 근심 어디에도 매이지 않으면 영혼이 맑아지려나. 원하는 게 없으니 더 쌓을 것도 없다. 간직하고 있는 것을 갈고 닦아 윤기를 내면, 대단한 것이 아니어도 나만의 귀한 무엇이 될지. 마음의 창고도 그러하지 않을까. 자기합리화를 위한 내 안의 목소리였다.

일상의 일부분이 된 걷는 일은 가장 좋아하는 시간이다. 마음이 어지러운 날이나 어려운 일에 결정을 못 내리고 고민이 깊어질 때, 숲에서 성찰의 시간을 갖고자 걷는다. 내 삶은 전환점을 넘어 내리막을 향하고 있다. 소나무에 기대 숨을 고른다. 싱그러운 솔바람이 옷깃을 헤집는다. 바람에 실려 지난 시간이 파노라마처럼 스쳐 지난다. 꽃바람, 비바람, 눈보라까지. 그 길을 거쳐 여기까지 왔다. 아름다운 것이나 고통스러운 것도 그렇게 흘러갔다.

가을 태풍으로 우듬지가 꺾인 소나무 앞에서다. 잎이 누렇게 변한 부러진 가지를 붙들고 있는 노송이 연민으로 다가온 날이다. 삶은 나만 특별하지 않다는 평범한 진리가 가슴으로 왔다. 마찬가지로 누구나 크게 다를 것 없을 것이라는 생각이 들었다. 굴곡과 평지는 모두 겪는 신이 내린 몫이라고, 예사롭게 흘러 다니는 말이 위로가 됐다. 나무는 시련이 깊을수록 뿌리를 깊게 내린다. 굽고 휜 가지는 생존의 지혜가, 험상궂은 옹이는 훈장처럼 당당했다. 고통을 피할 수 없으면 받아들여 내 것으로 인정하는 것이 벗어나는 지름길이 될 수 있으리라.

지금까지 내가 어떻게 살아왔는지. 성실하게 아니면 비틀거리며 살았는지를 진지하게 생각해 보지 않았다. 돌이켜 보니 감사한 일이 참으로 많다. 좋았거나 싫었거나 주변의 관심을 받았던 시절이 행복했다는 걸 깨닫게 됐다. 소소한 것의 귀중함을 그냥 흘려보냈다. 상대적인 것이 아닌 주관적인 것, 타인의 시선 속에 있는 게 아니라 내 마음속에 있다는 진리에 무심했다.

유체에 시달리고 난 후 늦게 철들어 비로소 어른이 된 것 같다. 눈을 뜨고 보니 일상에 늘 가까이 있던 것의 소중함은 미처 깨닫지 못했다. 고마운 것만 눈에 들어오고, 아깝지 않은 것이 없으며 귀하지 않은 게 없다. 젊은 날을 함께 보낸 친구가 먼저 떠난 게 허망하고 속 깊은 친구와 많은 것을 공유하지 못해 아쉽다. 무엇보다 앞으로 몇 자로 남아있을지 알 수 없는 시간을 헤아리다 가슴을 쓸어내린다. 넓게 살펴 새로운 것을 깨달아 가는 일, 이제부터 살아가야 할 방법이 아닐까.

지금까지 큰 병 없이 살아왔다. 나도 아플 수 있다는 것은 생각하지 못한 충격이었다. 다가올 현실을 직시하지 못한 경고의 회초리랄지. 힘들었던 만큼 얻은 것이 더 많으니 이 또한 감사한 일이다. 웃다 울고 하며 서서히 치유돼 가는 몸의 변화는 기쁨이자 신기하기까지 했다.

갈팡질팡하는 내게 친구의 말이 화살처럼 콕 박혔다. "늙느라고 그래. 인정하고 받아들여." 정신이 번쩍 들었다. 이 한마디로 긴 어둠의 터널을 벗어난 것처럼 머릿속이 환해졌다. 인생의 참맛은 지금부터일지 모른다. 앞으로의 삶이 무겁지 않기를 바랄 뿐이다. 욕심을 부린다면 남은 날을 가볍게 가길 소망한다.

더 비틀거리지 않기 위해 오랜만에 컴퓨터 앞에 앉았다.

고양이가 있는 카페

내 무릎 위에 고양이 한 마리가 누웠다. 가랑가랑 숨소리를 고르게 내는 걸 보면 자리가 편한가 보다. 구름 속에 숨었던 햇볕이 고양이 얼굴에 따습게 내린다. 외진 곳이라 손님이 뜸한 카페에 들어서자, 탁자 밑에 옹그리고 있던 고양이와 눈이 마주쳤다. 호랑이 줄무늬 털에 노르스름한 눈까지. 예사로운 고양이는 아니구나 하는 생각이 스쳤다.

종종 길고양이와 마주친다. 눈을 똑바로 바라보는 당돌한 눈빛이 음흉스럽고 앙큼해 보여, 손을 휘저어 쫓아 보내곤 했었다. 첫인상이 준 호감 때문일까. 별생각 없이 장난삼아 오라는 손짓을 했더니 뜻밖에 스스럼없이 다가왔다.

의자 밑 발 위에서 몸을 비비적거리다 탁자 위로 오르더니, 함께 자리한 일행을 지나 내 앞으로 왔다. 영리한 동물답게 제게 관심을 두는 것을 알아차린 모양이다. 그 모습이 귀여워 머리를 쓰다듬어 주었다. 기분이 좋은지 눈을 감았다 떴다 하며 앞발질을 한다. 저와 함께 놀아 달라는 뜻으로 보였다. 그러다 무릎으로 내려앉아 벌러덩 누워 배를 드러내며 손가락을 잘근잘근 무는 시늉까지 한다. 경계를 풀어 자기편으로 받아들인다는 뜻인가 보다. 날카로운 이로 혹 물릴까 소름이 오소소 돋았지만, 호의라는 걸 알고 그의 장난에 장단을 맞춰 주었다.

오른손에 찻잔을 들고 왼손으로 고양이의 머리에서 등까지 길게 쓸어 주었다. 부드러운 털이 매끄럽게 눕는다. 얼마나 지났을까. 졸음 겨운 눈빛으로 주둥이를 내 옆구리에 묻고 아예 잠을 청한다. 마치 어미 품을 파고드는 새끼 같다. 넓은 공간에서 혼자 놀기에 무료했을 거고 추운 날씨에 의지할 체온이 그리웠나 보다.

얼마나 외로웠으면 하는 생각이 들어 측은했다. 잠시라도 따뜻하게 품어주고 싶어 가슴 쪽으로 당겨 안았다. 갓난아이를 안았던 느낌이 이러했나. 이런 감정도 모성애일까. 가슴이 뭉클했다. 훌쩍 자란 손자들 이후, 더구나 동물을 가슴에 품어 잠재운 건 처음이다.

녀석은 아예 팔을 베개 삼아 네 다리를 펴 눕기까지 한다. 찻잔 달그락거리는 소리에 귀를 쫑긋 세우기도 하면서. 작은 몸짓으로 배를 볼록거리는 고른 숨결이 나에 대한 신뢰감으로 느껴졌다. 묵중한 체중으로 다리가 저렸지만, 행여 잠이 깰까 봐 다리를 움직이기가 조심스럽다.

외롭고 힘들 때 누군가에게 기댈 수 있는 온기가 절실히 그리울 때가 있다. 고양이도 그런 친구가 필요했을지 모른다. 외로움을 타는 것은 동물과 사람이 다를 수 없으리라. 고양이는 내 품에서 잠시 잠을 청했고, 나는 시렸던 무릎이 고양이로 인해 따뜻했다. 친구처럼 말이 필요 없는 체온으로 서로 의지하며 처음으로 동물과 교감을 나눴다.

가정에서도 가족 간에 생긴 갈등의 틈을 메울 수 있는 것도 따뜻한 품이다. 서로 보듬어 피부로 전해지는 온기가 허한 가슴을 채우고, 미움조차 넘어설 수 있는 묘약이 될 수 있으리라.

돌아오는 길이다. 고양이의 노란 잔털이 묻어있는 무릎에 따스한 온기가 여전히 남아있다. 곧 눈이라도 내릴 것처럼 하늘이 낮게 가라앉았다. 앙상한 나목의 숲을 바라보며 진지하게 자문해 본다. 나는 진정 마음을 나누며 의지할 수 있는, 서로 든든한 버팀목 같은 친구가 곁에 있는지를. 이런 친구 한 사람이라도 있다면 지금까지 살아온 삶이 헛되지 않으리라. 올해는 여럿과 어울리는 일도 좋지만, 단 한 사람의 친구만이라도 속 깊은 얘기를 나누는 시간을 종종 갖고 싶다.

눈이 오면 혼자 외로운 이 녀석이 생각날 것 같다.

한울누리공원에 잠들다

겨울 날씨가 봄 날씨처럼 화창하다. 어승생 한울누리공원을 오르는 바람이 훈훈한 미풍이다. 다사로운 햇볕이 고인의 검은 표지석 위에 머물고 있다. 어느새 혈연이나 지인들이 곁을 떠나고 있다. 자식의 혼사로 축하 인사 다니느라 바빴던 시절이 엊그제 같은데 부음이라니. 가슴이 덜컥 내려앉는다. 형제처럼 정을 나누던 분을 잃고, 내가 서 있는 자리를 돌아보게 되는 시점에 숙연하다. 가슴 한쪽으로 삭막한 발걸음이 뚜벅뚜벅 걸어오는 듯하다.

생전에 반면식도 없던 이들이 저승에서 새 인연으로 이웃이 되는 곳으로, 고단했던 삶을 부려놓은 영원한 안식의 자리다. 이곳에선 셋방살이 시름 깊었던 고달픔이나, 큰 집 작은 집 비교하며 마음 상할 일 따위 없겠다. 빈자도 부귀영화를 누렸거나 권력을 휘두르며 한세상 풍미했던 사람도 너나없이 평등하다.

화장한 유골을 나무나 화초, 잔디 밑에 묻는 시설로 전혀 혐오감이 들지 않는다. 소풍 가듯 가족들과 고인을 만나러 와도 좋은, 멀리 북쪽 바다를 품은 확 트인 시야가 시원해 답답지 않다. 생전에 이렇게 좋은 곳에 내 집을 마련하기란 쉽지 않을 것 같다.

　제주시에서 잔디며 나무의 수형을 관리해 유족들이 전혀 신경 쓸 일이 없다. 장례비용을 줄이고 무엇보다 후손들이 관리 걱정을 할 필요가 없어 가장 좋은 점으로 꼽는다. 도민은 누구나 제약 없이 이용할 수 있고 외지인도 묻힐 수 있다고 한다. 살고 싶어 오는 제주가 죽은 후에도 올 수 있는 섬이 됐다. 좁은 땅에서 토지의 효율적인 이용이라는 점에도 반가운 일이다. 앞으로 이용률이 큰 폭으로 증가할 것이란다.

　예전보다 장례식이 여러모로 간소화되고 있다. 사랑하는 가족의 마지막 예를 소홀히 할 수 없지만, 그렇다고 복잡한 치레가 고인을 위한 일은 아닐 것이다. 죽음 앞에서 모든 생물은 흙으로 돌아간다는 점에 별로 다를 것 없다. 엄숙하되 검소한 예식이 됐으면 한다. 한 줌 흙이 될 텐데 사후에 거창한 집이 과연 필요할까.

　전국적으로 장묘문화가 화장 문화로 바뀌고 있다. 나이 들면 자신에게 다가올 일을 미리 준비해 두어야 한다. 현실은 빠르게 합리적인 사고로 변하고 있다. 지켜야 할 풍습과 전통도 중요하지만, 이제는 시대의 흐름을 거스를 수가 없다. 차후 세대의 앞날은 바쁘게 살 수밖에 없고, 핵가족 시대에 물려받을 자손들이 귀하다는 점이다. 그들에게 무거운 짐을 물려 줄 수 없다는 얘기에 공감하지 않을 수 없다. 어른들이 나서 짐을 덜어주길 바라는 젊은이들이 많다.

몇 년 전에 전직 대통령 두 분의 장례식을 보면서 많은 생각이 오갔다. 풍수지리에 매달렸다. 한 나라를 통치했던 국가 원수 장례인데 아쉬움이 남았다. 화장해서 소박하게 잔디 아래 묻혔더라면, 국민에게 더 존경받는 분으로 기억되지 않을까.

　현충원에는 국가를 위해 목숨을 바친 수많은 영령이 잠들고 있는 곳이다. 어느 장군은 장군 묘역 자리를 마다하고 함께 나라를 지켰던 병사들 곁에 묻히는 걸 보며 가슴이 울컥했었다. 진정 부하를 사랑하는 영원한 군인이며 애국자란 생각이 들었다. 앞으로 사회 지도층 인사들이 먼저 모범을 보여 준다면 사회도 많은 호응을 얻을 것으로 본다.

　돌아오는 길이다. 한 조문객은 어디쯤 자신의 집을 갖게 될지. 몇 번을 돌아본다. 잔디를 이불 삼아 소박하게 잠들고 싶은 소망, 가위눌린 듯 무거운 집이 필요치 않다는 얘기에 모두 고개를 끄덕인다.

어우렁더우렁 사는 동네

초봄부터 베란다를 환하게 밝혔던 순백의 긴기아난 꽃이 진 후, 내겐 뜰 같은 베란다가 적막해 허전하다. 갈색으로 변하며 지던 꽃송이가 이울어가는 내 모습과 닮은 것 같아 연민이 들었다. 태어난 곳으로 돌아가라고 화분 속에 도로 넣어주곤 했다. 꽃을 잉태하느라 힘들게 산고를 겪었을 텐데, 영양제로 산후조리를 해주었다.

햇볕이 거실로 성큼 들어온 날이다. 연둣빛 새잎을 올리는 군자란 잎에 눈길이 머문다. 너나없이 정물이다. 몇 안 되는 모임도 전염병으로 멈춘 지 오래다. 나와 잇고 있는 인연의 끈이 아득하게 멀어진 것 같아 가슴이 횅하다. 함께 놀며 기쁨을 주었던 난 꽃이 지자 친구 생각이 더 간절하다. 전화로 하루 두어 번 수다 시간이 늘었다. 변방에서 덤덤하게 지내다간 잊힌 사람이 될 것 같은 불안감이 슬며시 들던 날이다.

한 지붕 아래 살면서 코로나로 마주하기 조심스럽던 이웃이, 갓데친 파란 톳 한 봉지를 건네주었다. 짭짤한 소금기에 상큼한 바다

향이 밴 톳을 새콤달콤하게 무쳤다. 갑갑한 생활에 정이 그리웠던 가 보다. 물색 고운 봄 바다 속살 한 젓가락 입에 넣자 식욕이 확 당긴다. 짙푸른 바다가 식탁 위에서 남실댄다. 뜨내기처럼 서먹했던 제주 생활에 스스럼없는 이웃이 된 소중한 인연이다.

한곳에서 오래 살아 좋은 점이 많다. 마주치는 사람마다 낯익어 눈웃음으로 인사를 나누곤 한다. 서로 다른 갖가지 삶을 구태여 알려 하지 않는다. 그저 고만고만하게 사는 이웃이라고 짐작할 뿐이다. 사람 사는 세상에 웬만한 사정없는 삶이 있으랴. 좋은 일에는 덕담 보태고 궂은일에 따뜻한 말 한마디 얹어 주는 온기가, 이웃으로 사는 정이고 힘이 아닌가.

오래 살던 곳을 뜬다는 게 그리 쉬운 일이 아니다. 새로운 환경에 적응하며 뿌리를 내리는 변화가 두려웠다. 어린아이처럼 낯가림이 심해 이 동네를 감히 떠날 생각을 못 한다. 한때 웅덩이에 고인 물 같다는 생각이 들었다. 새로운 곳으로 흘러갈까 고민했지만, 변화보다 안정이 좋다는 고루한 생각에 접은 지 오래다.

산책 삼아 동네 골목길을 거닐다 보면 마냥 친숙해 정겹다. 철마다 변하는 풍경이 머릿속에 고스란히 입력돼 있다. 4월이면 제주에서 쉽게 볼 수 없는 보라색 라일락꽃이 피는 집 앞을 서성인다. 보름달이 휘영청 뜬 저녁을 설레게 하던 향기를 잊지 못한다. 아늑한 동네 신혼집이었다. 마당에 흐드러지게 폈던 보라색 라일락꽃 위로, 달빛이 는개처럼 내리던 그 집이 그리워 발길이 절로 끌린다.

옆집에 송아지만 한 개가 컹컹 짖어대던 옛 동네와 많이도 닮았다.

초봄 텃밭 곁 가시덤불 숲에 소담스레 올라온 머위를 얻어와, 강된장에 싸 먹는 별미로 깔깔한 입맛을 찾곤 한다. 여름 내내 붉은 벽돌담에 넝쿨을 치렁치렁 걸치고 능소화가 피는 집. 달착지근한 향기 그윽한 옥잠화가 담 밑을 밝히는 집. 늦가을까지 오종종한 감이 붉은 등처럼 가지가 휘어지게 달린 집. 웬일인지 감을 따지 않아 종일 온갖 새들의 잔칫집 같은 철대문집을 탐하곤 한다.

지근거리에 이런 풍경은 나와 더불어 사는 소중한 이웃이요, 편한 옷을 입은 것처럼 임의로운 동네다. 별것 아닌 것 같은 소소한 일상을 누리며 사는 것도 복이라 여긴다. 어디서 어떤 집에 사는 게 뭐 그리 중요할까. 떡보라고 소문나 제사떡을 현관문에 걸어놓고 가는 이웃이 있는, 오래 살아 좋은 동네에서 어우렁더우렁 산다.

새것의 자리

볼일이 있는 것도 아닌데 자꾸 기웃거린다. 새로운 분위기에 우두커니 섰다가 돌아서고 다시 서성대는, 이런 행동과 달리 마음은 휑한 공간이 아쉽지 않다.

방 한자리를 차지한 식탁에 흰색 테이블보를 씌웠다. 푹신한 의자도 제자리를 찾은 듯 어울린다. 눈엣가시처럼 싫증을 느껴 버리려고 했던 게 후회될 정도다. 사람이나 물건은 앉은 자리에 따라 귀한 것은 더 값있게, 더러는 값어치 없는 것도 존재 의미가 달라 보일 수 있다는 생각이 들었다. 햇빛 좋은 오후 창을 열어 한라산을 바라보며 무료를 달랠 수 있겠다는 뜻밖의 기대감이 생긴다.

약속보다 하루 먼저 오디오 기기를 가지러 온 기사는 가위부터 찾았다. 묵직한 무쇠 가위를 건네는 손이 가슴보다 더 긴장했다. 어떻게 하려나. 얼기설기 엉킨 전선이 마음처럼 심란한데, 내 미련을 가위질하듯 가차 없이 잘라내는 손길이 얼마나 냉정해 보이는지. 전선을 뽑고 풀어 가지런히 정리해 나갈 줄 알았는데 그만 입을 다

물었다. 일은 생각보다 간단히 끝났다. 서둘러 이것저것 정리해 내치고, 오랫동안 자리했던 흔적에 걸레질하며 애틋했던 마음을 지우듯 닦아 냈다.

마지막으로 턴테이블에 LP를 올려 보려고 했었다. 즐겨 들었던 모차르트의 '피아노 협주곡 대관식'은 꼭 듣고 싶었다. 여행 중에 알게 된 오스트리아의 빈 그린칭 마을에서 영감을 얻었다는 베토벤의 '교향곡 제6번 전원', 림스키코르사코프의 '셰에라자드'까지. 녹슬어 무디어진 바늘로 음향이 고르지 않을 수 있겠지만, 마지막 작별 인사는 해야 할 것 같았다. 한편으로는 너무 멀리 걸어온 지금, 그 심오한 클래식 세계로 다시 돌아갈 수 있을까 하는 아쉬움으로 착잡했다.

차마 내치지 못한 LP와 CD를 지난날 추억과 함께 고이 접어 책장에 넣었다. 풋풋하고 꿈 많던 시절이다. 책을 사고 LP를 모으는 게 기쁨이었던 때가 있었다. 난해한 클래식에 처음 입문했을 때 쉽게 접근하기 어려웠다. 친구들과 음악다방에 드나들며 팝송과 샹송의 만남, 칸초네에 빠지다 세미클래식으로 이어지며 서서히 가까워졌다. 격정적인 피아노 협주곡의 장쾌한 연주는 깊이 잠들어 있던 가슴을 흔들어 깨웠다. 눈을 지그시 감고 듣던 바이올린의 감미로운 선율은 무디어진 감성의 줄을 끌어내곤 했다. 그 몰입의 시간은 새로운 세계로 눈 뜨게 한 추임새로, 영혼의 결핍을 채워 주는 자양분이었다.

신혼집으로 LP를 보물처럼 싸 간 내게 남편은 음향이 좋은 전축을 들여놔 줬다. 창가에 나팔꽃 기어오르고 작은 화단에 채송화 알록달록 피던 여름날, FM 음악방송을 듣거나 클래식을 들으며 지독한 입덧을 달래곤 했다.

두 번째 오디오 기기는 아이들을 핑계 삼아 거금을 주고 들였다. 공부로 지친 머리를 식히라는 구실을 내세웠지만, 실은 내가 더 간절히 원하던 거였다. 외진 제주에 혼자 떨어진 외로움을 달랠 좋은 친구로 애지중지했던 만큼 애착도 컸다.

자식들이 서울에 정착하고 뜸해지기 시작하더니, 결국 거실에서 방으로 밀어 넣고 말았다. 마침 몸집은 작아도 성능 좋은 CD기가 나오고, 육중한 덩치가 자리를 차지한 게 답답해 보였다. 결국 둘도 없이 끼고 지내던 사이에 틈이 생겼다. 시선이 붙잡힐 때마다 저걸 어쩌나 하는 연민의 정이 없었던 것은 아니다.

발단은 식탁이다. 구식 원탁이 보기 싫다고 딸이 식탁을 바꿔주었다. 오랫동안 곁에 있어 정은 들었지만, 그만큼 답답하고 무겁게 느껴지던 물건이다. 마치 제 역할을 찾지 못해 어정쩡한 모습으로 내 눈치를 보는 것만 같았다.

걸핏하면 버린다는 남편의 눈총이 신경 쓰여 차마 버리지 못했다. 망설이다 구닥다리 식탁까지 방으로 넣자 공간이 좁아졌다. 복잡하고 너주레한 건 못 견딘다. 그게 몇 년을 망설이며 벼르던 오디오 기기를 정리한 계기다. 내 자존과 같은, 오래 함께하고 싶었던 귀한 물건이기도 했는데….

새것을 들여놓자 헌것의 낡음이 그제야 보였다. 칙칙했던 공간이 광채가 난다. 며느리 들어오면 곳간 열쇠를 내주는 시어머니처럼, 묵은 자리는 비우고 새로운 것으로 채워야 좋지 않은가. 매끄럽고 윤기 도는 식탁을 닦다 손이 멈칫거린다. 트럭에 고물로 실려 나가던 모습이 눈에 아른거려, 쉽게 배반한 건 아닌지 마음에 걸린다. 빈자리를 바라보며 망설였던 마음과 달리 담담한 건 예상치 못했던 일이다. 떠나보내고 나니 이리 홀가분한걸. 아깝고 소중하다 끼고 있던 집착이 부질없었다. 오히려 그게 족쇄로 짐이 되었던 건 아니었는지.

하지만 클래식 음악을 사랑하는 마음은 변함없어 언젠가는 꼭 돌아가리라 생각하고 있다. 바람이라면 혹 새 주인을 만나 분위기 있는 카페에서 자리를 잡았으면 한다. 고전을 좋아하는 음악 애호가의 눈에 들어, 차를 마시며 음악을 감상하는 이들에게 제 몫을 한다면 더 바랄 게 없겠다.

스러져 가는 꽃

중산간 도로로 방향을 돌렸다. 곧고 넓은 길에서 볼 수 없는 깊어 가는 가을 끝자락 곁에 서보고 싶었다. 구불구불 유연하게 휘돌아 간 소로에서 여유와 호젓함 속으로 빠져든다.

햇볕이 좋은 날은 마음도 정갈하다. 무덤덤한 일상을 뒤로하고 가을빛 속으로 함께 어우러진다. 지난 시간이 허리를 뉘는 억새의 부드러운 춤사위에 얼핏얼핏 스쳐 지난다. 사위어 가는 풀잎 같은 애잔한 그리움, 무엇이건 상관없다. 그리움을 품을 수 있는 온기 있어 가슴이 따뜻하다.

언젠가부터 지는 꽃이 눈에 들어왔다. 고단했던 노역과 열정으로 피워 올렸던 것들에게 생의 끝점이 보이고부터다. 유난히 작은 꽃이 피고 지는 몸짓이 하나의 생명체로 다가왔을 때 경이롭고 신비했다. 그건 조화의 소중함으로 그와 내가 이 우주에서 함께한다는 엄숙한 존재감이었다. 젊었을 때 보이지 않았던 것들이 삶의 반환점을 훨씬 넘고서야 얻은 개안이다. 활짝 만개한 꽃으로 피었다가 절정을 지난 저물어 가는 자의 연민이었을 게다.

시들어 널브러진 쑥부쟁이에서 푸르렀던 지난날의 잔상을 본다. 죽음은 생명을 지녔던 것들의 허물로 다시 돌아올 수 없는 흔적으로 남는다. 하잘것없는 것일지라도 시시한 것은 없다. 뭇 생명에게 결실의 계절이다. 한 해를 갈무리하는 자연의 섭리 앞에 모두 겸허하게 자세를 낮출 일이다.

지금까지 네 것이 아니면 내 것도 될 수 없다는 것에, 별 갈등 없이 받아들이고 살았다. 이제부터 자유롭고 홀가분한 삶이 되리라는 기대감과 달리, 막상 손에 쥔 것이 변변치 못하다는 것에 허무감이 깊다. 지나온 날을 거두어야 할 시절이라는 무게감 앞에 기우뚱대는 외발로 서 있는 느낌이랄까. 아무것도 잡히지 않을 것처럼 암담했다. 아직 멀다고 생각한 것들이 갑자기 쓰나미로 몰려와 앞을 턱 막아서는 절박함으로.

이순의 초입에서 불안하고 허둥대던 잣대가 겨우 뿌리를 내리나 했는데, 또 다른 문턱을 넘어야 할 시점이 눈앞이다. 완만했던 긴 내리막길은 갑자기 외길로 짧고 가파르다. 돌이켜보면 군데군데 화인 같은 후회로 남은 길이었지만, 그렇다고 되돌아가고 싶은 아쉬움은 없다. 그게 나를 지탱하는 원동력이 되었으니까. 한데, 짧다고 느껴지는 앞날에 보이지 않는 그림자가 등 떠밀며 어서 가라 재촉하는 듯하다. 현실은 수명 백 세를 내다보지만 앞으로 남은 날은 그리 길지 않을 수 있다. 미완을 넘어 삶의 완성이라는 그림을 그려야 한다. 날마다 새로운 일상이어야 할것 같고, 다시 돌이킬 수 없는 시간이라는 생각에 숙연하다. 육신이 자유스럽게 움직일 때까지. 거기까지가 살아 있는 의미라는 것에 초연할 수가 없다. 어찌 한순간인들 소홀히 하랴. 잠 못 이루는 밤이면 뒤척이며 생각의 골이 깊다.

성산 일출봉이 보이는 언덕에 차를 세운다. 따뜻한 무릎담요를 덮고 달콤한 오미자차로 마른 목을 축인다. 억새가 서걱거리는 늦가을 들녘 속으로 눈길이 이르는 순간이다. 밤새 바람에 쓸려온 가랑잎을 쓸어 모으던 스크린 속의 노부부의 모습이 겹친다.

오래전 TV에서 인간극장이란 다큐멘터리 프로에 깊은 감명을 받았었다. 당시 많은 시청자에게 감동을 줬던, 구십팔 세의 할아버지와 팔십구 세 할머니의 일상을 다시 영화로 담았다. 평생 순정한 연인으로 살아온 노부부의 이야기다. 그 여운으로 영화 '임아, 그 강을 건너지 마오.'를 서둘러 봤다. 그 시대를 살아온 어른들에게 흔히 볼 수 없는 농익은 부부애가 며칠째 잔잔하게 감동으로 가슴을 울린다.

인간극장이 다정다감한 일상의 일부라면, 영화는 죽음을 앞둔 노부부의 애틋한 사랑의 완성을 그렸다. 할아버지의 가쁜 숨결은 시간이 얼마 남지 않았음을 예고한다.

주룩주룩 내리는 장맛비에 잦아드는 눅눅하고 쇠잔한 기침 소리는 가슴을 조이게 했다. 먼 길 가벼이 가라 정갈한 옷가지를 불사르는 할머니. 영원한 이별을 준비하는 담담한 모습에 누군들 울먹이지 않을 수 있으랴.

마주 누워 앙상한 손길로 서로 얼굴을 쓰다듬고 어루만지는 모습에 무슨 말이 필요할까. 아리고 아렸다. 할머니의 손길로 목욕하는 뒷모습을 역광으로 담은 카메라 렌즈 속 할아버지의 나신은, 앙상한 삭정이요 마른 풀빛이다. 진이 다 빠져나간 육체는 연민으로 가슴 아렸지만 숭고했다. 희로애락의 긴 여정을 내려놓고 휘적휘적 걸어가는 한 그루의 노거수 같은, 한 줄기 빛 속으로 스러지는 영혼을 본 듯 가슴이 울렁거려 눈을 감았다.

칠십육 년을 해로하고 할머니 곁을 떠나는 할아버지를 스크린에 비칠 때 엄숙한 마음으로 고개를 숙였다. 삼베 수의 이불을 덮고 창백하나 평안하게 잠든 모습은 위안이었다. 다가올 어느 날 잠들 듯 떠나고 싶은 내 간절한 기도가 보이는 것 같았다. 먼저 가 있으면 곧 따라갈 것이라는 할머니의 담담한 독백은, 부부란 남남으로 만나 이승과 저승을 이어 가는 인연인가. 그런 것이라면 저승에서 우리 부부도 다시 만날 수 있을까.

떠난 자의 허물처럼 마른 잎 쑥부쟁이는, 한 모금 물기조차 다 소진해 버린 허상으로 바람에 흔들린다. 마치 내게 조급하게 서두르지 말고, 갈 수 있는 거기까지가 네 몫이라 말하는 것 같다. 스러져 가는 꽃은 죽음을 넘어 다시 태어날 생명이다. 두 팔 벌려 바람을 안았다. 마른 가랑잎이 와삭와삭 발길에 밟힌다. 붉게 물들어가는 들녘을 뒤로하고 차에 오른다. 바람이 운다. 쉰 목소리로. 할아버지의 묘 앞에서 흐느끼던 할머니의 그 울음소리다.

헛꿈

편의점 앞에서 발을 멈췄다. 유리문에 1등 당첨, 2등이 몇 번 당첨됐다는 로또 플래카드가 유혹처럼 펄럭인다. 살까 말까. 쉽게 결정을 내리지 못해 갈등이 오락가락한다.

멀리 사는 선배와 새해 인사를 나누다가 선배가 던진 한마디가 무심히 넘어가질 않았다. 가진 만큼 누리고 사는 분이다. 한데 나이 들어가며 점점 손이 오그라진다고 하소연이다. 자신에게조차 주머니 열기가 겁난다는 말이 목에 가시로 걸려있다. 갑자기 내 곳간이 불안해 며칠 심란하던 참이다.

해가 바뀔 즈음이면 난데없이 복권을 사고 싶은 생각이 슬며시 든다. 평소에 무심하던 일이 발목을 잡는 것은, 막연히 조급하고 헛헛한 가슴을 달래기 위한 묘약이 필요한 징후다. 무엇이든 가득 채우고 싶은 욕망이 감기처럼 찾아온다. 연초에 세우고 기대했던 일들이 어그러졌다는 기분이 들면, 아무것이라도 보상받고 싶은 심리라는 걸 나도 안다.

한창 로또 광풍이 일면서 로또 공화국이라는 신조어가 유행하던 시절이다. 혹 자신에게 돌아올지도 모를 꿈같은 행운에 모두 달떴다. 일확천금이 하늘에서 뚝 떨어질 것 같은 기대감으로 복권에 매달렸다. 그런 분위기가 한탕주의라고 탓할 만한 분위기도 아니었다.

어마어마한 금액으로 행운을 잡은 사람은, 틀림없이 전생에 큰 복을 지은 사람에게 신이 내리는 상이라고 생각했다. 대가 없이 공짜로 주어지는 건 없다고 일축했던 나도 덩달아 만일이라는 요행에 꼬리를 잡고 싶었다.

여럿이 줄을 선 뒤에서 쑥스러운 마음을 감추며 후다닥 한 장 뽑아 오던 날, 앞날은 온통 장밋빛이었다. 당첨될 확률에 대한 기대감도 그렇지만, 한 장의 쪽지를 품고 주말까지 기다리던 시간을 즐기기 위한 것일지 모른다. 가당치 않은 행운이 그리 쉬울까마는, 사는 동안 그런 복이 따라올지 누가 알 수 있으랴.

당첨된다면⋯. 잠들지 못하는 밤이면 확신에 찬 설렘으로 수없이 허공에 누각을 짓고 허물었다. 대궐 같은 큰 집은 휘둘리며 살기가 버거울 테고, 갖가지 야생화 키울 손바닥만 한 정원을 꾸밀 전원주택이면 좋지 않을까. 남을 위한 기부에 동참하지 못한 아쉬움을 늘 갖고 있다. 집이 어려운 학생들에게 장학금도 내놓고 불우이웃을 위한 통 큰 희사를 꿈꿨다. 자식과 형제들에게 넉넉히, 마음으로 빚진 이웃들에게 고루 선물로 나누리라. 가장 큰 꿈으로 더 늦기 전에 세계 여행을 설계하느라 밤이 깊었다.

얼마 될지 모를 상상의 당첨금을 헤픈 됫박으로 퍼 나르다 바닥이 보일 때쯤이다. 내 몫으로 남은 게 적어 보였다. 다시 쪼개 나누고 반복하다 아깝다는 생각이 슬그머니 꿈틀거린다. 금전 앞에서 별수 없이 손을 펴지 못하는 옹졸한 자신을 보게 됐다. 현실이라면 과연 그렇게 너그럽고 후한 사람이 될 수 있을지. 허망한 꿈에서 정신이 번쩍 들어, 내게 잠재해 있던 이중성에 실소를 금치 못했다. 그러다 비현실적인 상황이지만 지극히 인간적이라고 자위까지 하면서.

요행 심리에 쓴맛을 본 게 오십 년대 중반으로 초등학교 갓 입학해서다. 하굣길에 두 살 많은 친구의 꾐에 홀딱 넘어갔다. 학교 앞 점방의 상자 속에서 뽑기를 하면 과자며 사탕, 껌까지 줄줄이 나온다는 얘기다. 배도 고팠던 참이고 주전부리가 귀하던 춘궁기다. 세상 물정 모르던 철부지는 그게 돈을 내고 하는 것이라는 걸 몰랐다. 상자 속은 어떤 요술을 부려 무엇이 나올까. 신나게 뽑았다. 어려서 돈에 대해 잘 몰랐고 돈으로 물건을 사 보지도 못했었다. 뽑은 알사탕을 입에 물고 집으로 돌아오는 길에, 돈보다 점방에 적어 놓은 낯선 외상 장부가 얼마나 겁이 났던지. 복권하면 떠오르는 잊지 못할 어린 날의 추억이다.

재물을 소유함에도 품격이 있다. 그 사람이 지닌 인품과 조화를 이루어야 진정 자기 것이라고. 인품이 부를 따르지 못하거나, 부가 인품을 따라가지 못하면 그건 기형적인 소유다. 가끔 내 그릇에 담겨 있는 것들이 넘치는가. 부족한가. 내 몫으로 어울려 가당한지를 생각할 때가 있다.

손에 잡히지 않을 허상에 허우적거릴 때, 욕심이라는 누름돌에 눌린 초라한 모습으로 비쳤다. 집착이라는 게 얼마나 추한 것인가를 돌아보게 했다. 생전 시아버님께서 하셨다는 저울추에 관한 얘기가 떠오른다. 재물은 주인의 그릇에 어울리는 저울추가 있어, 넘치거나 부족함 없이 균형을 이루게 한다고. 어느 한쪽으로 치우치지 않고 공평하게 주어진다는 것을 좌우명으로 삼으셨다고 한다. 넘치면 그만큼 모자라는 이면이 있을 수 있고, 부족하면 다른 무엇으로 채워지게 된다는 말씀이다.

나는 얼마만큼 얻고 잃으면서 비로소 만족하다 깨닫게 될까. 뭘 더 바라고 욕심을 내는지. 아직 먹고 싶은 것, 입고 싶은 것에 큰 어려움 없이 꾸려나가고 있지 않은가. 당치 않은 욕심으로 저울추에 넘어질라. 헛꿈에 곁눈질하지 말라는 경고의 목소리에 발길을 돌린다.

눈물을 사들이다

안과에 다닌 지 달포 돼 간다. 눈동자를 바늘로 콕콕 찌르는 것처럼 아프고, 아침에 눈을 뜨면 눈꺼풀이 끈적거리며 달라붙었다. 눈곱을 닦아 내며 불편한 것보다 추접스럽다는 생각이 먼저 들었다.

안구건조증이 심한 편이란다. 의사 선생님은 눈꺼풀을 까뒤집어 약솜으로 눈 안을 닦아 냈다. 눈물샘이 막히고 염증이 생겼다고 한다. 노폐물은 금방 배출돼야 하는데 몸에 수분이 부족해 생긴 병이라는 것이다. 문득, 내가 고목처럼 메말라 가고 있다는 생각이 들었다. 청소하듯 찌꺼기를 훔쳐낸 후 약을 넣고 나면, 뿌연 안개 걷히듯 시야가 한결 밝아지며 시원했다. 마음이 갑갑할 때 마음의 창도 이렇게 닦아 낼 수 있다면, 병원을 망설이지 않고 들락거릴 것 같다.

어릴 적부터 눈물이 많아 걸핏하면 울었다. 뜻대로 되질 않는다고 두 다리 뻗고 울었던 건, 응석을 받아 달라는 투정이었다. 유년 시절은 동네 초상이 나면 상주들 곁에서 덩달아 함께 울었다. 죽음이 무엇인지 몰랐지만 순수하고 맑았던 동심이었다. 젊은 시절에는 버스 안에서 책을 읽다 눈물이 흘러 민망했던 기억이며, 멜로영화를 본다거나 드라마를 보며 훌쩍거리는 일은 다반사였다. 눈물이 많았다는 건 어쩌면 내 정서 깊숙이 자리한 감성의 샘물이 웅숭깊었던 건 아니었을지.

어느 때는 감정이 복받치면 하고 싶은 말이 혀에서 맴돌 뿐, 울컥 눈물이 먼저 쏟아졌다. 밖으로 뱉어내고 싶어 가슴은 답답한데 목이 메는, 꾸역꾸역 말을 삼키다 제풀에 주저앉곤 했다. 하고 싶은 말을 다 쏟아내야 응어리도 풀리고 해맑아질 텐데, 그대로 싸안고 있으려니 풀릴 때까지 많은 시간이 걸렸다.

나이 들면 한층 더 나긋나긋해질 줄 알았다. 감정도 그만큼 농익을 테고, 느긋한 눈빛으로 바라보면 세상도 따뜻해 보이지 않을까 하는. 그런 기대가 해를 거듭할수록 예기치 못한 일이 생기기 시작했다. 웬만해선 감동이 가슴으로 전해 오질 않는다. 세상이 각박해진 것 못지않게 나 역시 삭막해지고 있다는 걸 느낀다. 모래바람 부는 황량한 들판처럼 건조하다. 뜨겁던 가슴이 차게 식어 무심해지는가 하더니, 언제부턴가 걸핏하면 질척거리던 눈물이 인색해졌다.

가슴도 늙는가. 살다 보면 울 일도 있을 테고, 더러 슬픔도 겪고 살아야 성숙하고 감정도 순하게 순환이 된다. 나를 위한 눈물보다 남을 위해 흘린 눈물이 고귀하다는데, 거기까지 다다르지 못하더라도 나를 위한 눈물조차 귀해졌다. 자가 생리현상이 가뭄을 겪으며 눈물을 끌어내는 장치가 무감각해졌나 보다.

위내시경을 일반 내시경으로 받았다. 수면내시경은 마취 후, 의식이 깨어난 뒤에도 몽롱한 기운이 오래 갔다. 정신이 흐리멍덩하고 묘해 썩 좋은 기분이 아니었다. 한 시간가량 영혼이 빠져나갔다가 돌아온 느낌이랄까. 편하지만 두려운 생각이 들어 주저된다.

간호사의 도움으로 호흡을 하며 꿀꺽꿀꺽 호수를 목으로 넘겼다. 차고 뻣뻣한 호스가 꿈틀거리며 넘어가는 징그러운 느낌 그대로 의식이 따라다녔다. 그냥 뱉어내고 싶은데 참느라 진저리가 났다. 여기저기 뱃속을 헤집고 다니다 배꼽 근처에서 꿈틀꿈틀 용트림하자, 왈칵 눈물이 쏟아지기 시작했다. 거기다 콧물까지. 정작 절절하게 속으로 울고 싶었던 때는 잠잠하더니, 어린아이처럼 육체의 고통 앞에서 무너졌다. 아무 의미 없는 눈물을 흘리며 실소를 금치 못했지만, 한편 다행스럽다는 생각이 들었다.

몇 년째 글을 쓴다. 의도하지 않았던 부분까지 미주알고주알 쏟아내고 나자, 알맹이 다 빠져나간 것 같이 속이 허전할 때가 있다. 한 줄의 글도 쓸 수 없을 것 같던 시간이 공허함으로 채워졌다. 모든 것은 마음의 문제지 육체의 문제는 아니구나 하는 생각이 들었다. 글을 쓰면 감성은 더 풍요로워야 할 텐데, 그 못지않게 무디어진 건 아닐까.

자신의 체액은 스스로 치유하는 최상의 치료제이자 예방약이다. 나이 들수록 눈물이 많아진다는데 부족해 인공눈물을 처방받았다. 지금까지 눈물의 고마움을 미처 깨닫지 못하고 살았다. 이제는 눈물까지 사들이는 시절이 내게 왔다. 그렇다고 울고 싶을 때 넣고 울 수는 없지 않은가. 마중물처럼 그럴 수만 있다면 슬픔이 바닥까지 닿는 날은 가슴으로 뜨겁게 울고 싶다.

먼지와 지문으로 뿌옇게 얼룩진 돋보기안경을 말끔하게 닦았다. 시야가 흐릿해도 그걸 답답하다고만 생각했다. 마음의 얼룩도 그러하지 않을까. 인공눈물을 듬뿍 넣었다. 두 뺨으로 흐르는 눈물이 그렁그렁한 채 신문을 펴든다.

세월 꽃

밤새 비가 흠뻑 내렸다. 흙먼지 풀풀 날리던 밭고랑에 생기가 돈다. 봄 가뭄에 배배 틀어졌던 새싹이 연둣빛 잎을 꼿꼿하게 세우고 있다. 제주의 색은 비로 씻긴 후, 금방 세수하고 나온 소녀처럼 해맑아 청량하다.

언덕을 기둥처럼 받들고 서 있는 거대한 바위가 회춘했다. 영양실조 걸린 아이의 얼굴에 번지는 마른버짐 같은 곰팡이꽃으로 화색이 돈다. 해풍을 맞으며 현무암에 몸 붙여 핀 모란꽃, 쇠별꽃, 진달래꽃, 꽃마리…. 흰색 지의류인 곰팡이와 녹색 조류가 공생하는 것으로, 오랜 세월을 품어야만 피울 수 있는 꽃이다. 담쟁이 넝쿨도 작은 손을 활짝 펴 벽을 기어오른다. 절벽 틈에 뿌리를 내리고 해마다 참나리까지 한껏 목 빼고 풍경에 보태곤 한다. 꽃잎을 홀라당 뒤로 말아 넘기고 유혹처럼 꽃술 하르르 떨던 꽃. 기다림에 지친 여인같이 애잔해 보였다.

제주의 봄은 노란색으로 온다. 그 색깔은 황량한 겨울을 밀어내고 어질병처럼 오는 설렘이다. 태풍이 휘몰아치는 날은 그대로 망망대해로 떠밀려 갈 것 같은 두려움에 창가를 서성이곤 한다. 파도에 저항하다 완강하게 밀어내고, 때로는 너그러이 받아주는 현무암이 있어 더욱 빛나는 섬이다. 하얀 파도, 해안가에 노란 유채꽃과 어울린 검은색 현무암은 더욱 존재감이 돋보인다. 양지바른 언덕에 앉아 실눈을 뜨고 하릴없이 바라보다 노상 넋을 놓는다.

밭담이 아늑하게 허리를 두른 보리밭 이랑이다. 바람이 불 때마다 성급히 배를 불린 보리 이삭은, 만삭의 여인처럼 힘겨워도 춤사위를 멈출 줄 모른다. 옴팡집 울타리 같은 밭담 너머로 푸른 바다가 프라이팬에 기름칠한 것처럼 번들거린다. 높이 날던 갈매기 허공에서 잠시 숨을 고르다 수직으로 내리꽂힌다. 이런 봄 풍경에 홀려 정신 놓은 여자처럼 오름과 바다를 쏘다니곤 했다.

결혼해서 처음 제주에 왔을 때다. 선산에 인사를 드리러 가는 길은 진눈깨비가 추적거려 심란했다. 한겨울 물기 머금어 더욱 선명한 현무암에 마음을 홀딱 뺏겨 위로가 됐다. 황금색 비단 두루마기와 분홍 양단 치맛자락에 눅눅한 습기가 질척거렸지만 개의치 않을 만큼.

망자만의 성인 산담이 두른 봉분은 초가집처럼 아늑해 보였다. 별 쓸모없을 것 같은 돌투성이의 척박한 밭 가운데 무덤이 낯설고 신기했다. 제주의 돌은 천덕꾸러기가 아닌, 이승에서 저승까지 이어주는 질긴 인연이라고 할까. 돌에 뒤엉긴 마삭줄과 툭툭 불거져

나온 힘줄 같은 담쟁이도 세월이 깊어 보였다. 서로 악착같이 부여안고 있는 안간힘은 사람이나 자연도, 바람이 드센 섬에서 무엇인가 움켜쥐고 살아야 할 의지로 보였다.

화창한 가을날 처음 올랐던 다랑쉬 오름은 지금도 설레게 한다. 멀리 가까이 제주의 절반이 내 품으로 들어왔다. 아무것도 부러울 것 없이 충만하게 채워지는 희열로 가슴이 떨렸다. 초록색 당근밭과 누런 콩밭이 퍼즐같이 알록달록 이어졌다. 밭담은 시작과 끝, 이음도 보이질 않는다. 굽이굽이 농부의 고달프고 질박한 삶의 이야기로 꼬리를 물었다.

거칠고 투박한 손으로 쌓아 올린 지혜는 한 폭의 명화처럼 인상적이었다. 거친 바람을 막아 씨앗을 틔워 제주의 먹거리를 키운 공도 컸으리라. 인위적이나 전혀 인위적이지 않은 자연 그대로다. 어깨 걸치듯 손을 잡듯 의지하며 제주인으로 살아온 삶의 결정체라 할지. 이 풍경 속에 나도 어우러져 살 수 있겠구나. 바람처럼 흔들리던 마음을 다독였다.

종종 내 삶을 뒤돌아보게 된다. 하루가 아쉽고 짧게 느껴지는 요즘이다. 새삼 내가 꽃이었다면 무슨 꽃으로 살아왔나. 의문에 들곤 한다. 무엇을 남기고자 하는 당치 않은 욕심은 없다. 잘 살아왔구나. 만족하면 그것으로 된 것이다.

후일 손바닥만 한 현무암으로 소박한 묘비를 세우고, 이름 석 자 위에 푸른 세월 꽃이 이불로 덮였으면 하는 생각을 해 본다.

모닝커피가 그리운 날

　구경이나 할까. 백화점 주방 코너 앞에서 기웃거리다 안으로 들어섰다. 오랜 손길로 익숙해 정이 들었던 게 어느 날부터 눈에 거슬리기 시작했다. 그릇마저 세월에 닳아 주인을 닮아 가는 모습이 싫증으로 이어졌다. 마음의 우중충한 그림자도 거둘 겸, 찬장 안이 환하게 빛날 수 있는 화사한 꽃무늬 찻잔이 생각났다.

　따뜻한 물로 향기로운 차를 끓이고, 장르를 넘나드는 음악을 들으며 풍요로운 삶을 꿈꾸던 시절이 있었다. 이제는 차에 대해서는 문외한이나 다름없다. 그래서일까. 새 찻잔 한 세트쯤 갖고 싶었다. 손님 접대용으로 차 문화에 소외감을 덜 대리만족이라도 느끼고 싶은 속내일지.

　찻잔이 예쁘면 차 맛이 덩달아 향기로울 것 같다. 남의 집 찬장 안에 가지런히 진열된 그릇 틈에 다소곳이 엎어 놓은 찻잔은, 그 집 안주인의 살림 품격을 대변하는 것처럼 느껴진다. 녹차나 커피가 전 국민적인 기호품이 됐다. 그런 맛을 즐기지 못하는 나는 외톨이가 된 기분을 속으로 삭이곤 한다. 커피 맛을 모르면 문화인 축에 들지 못한다는 친구의 농담이 늘 마음에 걸린다.

물건을 고르는 안목이 부족해 단번에 선택하기가 머뭇거린다. 물기 마르는 가슴에 꽃 피울 잔잔한 꽃무늬 그림은 어떨까. 그릇에도 그 나름으로 격이 있을 터, 주인과 어울려야 빛이 난다. 주인보다 더 돋보인다면 인연이 어긋나는 일이다.

빙빙 돌다 투박하나 은은한 유백색 잔에 시선이 가는 순간이다. '아, 모닝커피.' 민무늬 투박한 잔에 김이 모락모락 오르던 구수한 향기에 얽힌 기억이 떠올랐다. 짙은 향을 폴폴 흘리던 커피에 달걀 노른자를 풀어 마시던 모닝커피는 단연 인기 좋은 차였다.

커피가 귀하던 시절이다. 나와 친구들은 독특한 향의 커피 맛에 빠져들었다. 걸핏하면 음악다방에 모여 책을 바꿔 읽거나, DJ에게 좋아하는 곡을 신청하고 음악에 심취했다. 나이가 엇비슷한 쎄시봉 멤버들은 우리들의 우상으로 존재했다. 사회는 혼란으로 소용돌이치는 격변의 시절이었다. 이국 냄새 풍기는 커피를 홀짝거리며 미국을 동경했다. 너나없이 불확실한 미래에 방황과 갈증을 느끼던 때다. 머나먼 그곳은 꿈꾸는 모든 것 다 이룰 수는 있을 것 같아 갈망하던 곳이다. 풍족하지 못했지만 순수했던 젊은 날의 자화상이다.

그렇게 즐기던 커피 맛을 잃었다. 아이를 낳고 잠깐 멀리했던 것이 커피하고 인연이 끊기다시피 됐다. 가장 대중적인 차가 커피다.

여럿이 어울리는 자리에서 마실 수도 안 마실 수도 없는 난감한 처지는, 여간 곤혹스러운 게 아니다. 더구나 쉽게 구할 수 없는 귀한 커피라고 못 마시는 나보다 더 아쉬워할 때는, 커피 문화를 즐길 줄 모르는 건조한 사람이라는 생각을 할까 고민스럽다.

상가에 감초 같던 다방이 시나브로 사라지더니 다양한 카페가 성업 중이다. 거기다 지적인 분위기까지 없은 멋진 풍광을 자랑하는 곳곳에 허다히 생겼다. 왠지 나이 든 사람이 편히 드나들기 거북한 카페는 젊은이에게 눈치 보이는 곳처럼 됐다. 아메리카노, 에스프레소, 카푸치노, 라떼, 종류도 갖가지. 이름에 어울리는 맛과 향을 상상해 보곤 한다. 이제는 시각, 후각, 미각까지 취향이 다양한 개인의 성향에 맞춰 주는 시대로 변했다. 구수한 원두 향을 흘리는 카페에 들어서면 갈증부터 인다. 맛으로 음미하지 못해도 후각으로나마 즐기는 것도 한 방법이라고 자위하면서.

복잡한 마음을 가다듬고자 할 때, 숨 가쁘게 돌아가는 일상에서 잠시 여유가 그리운 시간에는 한 잔의 차는 친구나 다름없다. 어색한 첫 대면에 차 한 모금으로 마른 목을 축이고, 대화의 실마리를 꺼내 거리를 좁히는 매개 역할도 한다.

못 마신다고 미리 선을 긋는 자체가 스스로 묶어 놓은 내 안의 편견일지도 모른다. 생각의 틀을 깨면 오래 묵은 둑이 무너질까. 차를 나누는 건 상대방과 감정의 교류이자, 서로 이해하는 가교 구실을 한다. 고정관념은 곧 불통이 될 수 있다. 나와의 소통으로 편견에 갇힌 나를 깨우는 시도도 필요하다.

모란꽃 무늬가 예쁜 두 개의 찻잔으로 기쁨이 되어 돌아오는 길이 흥겹다. 유달리 꽃이 좋아지는 건 내 안의 늙음을 물리는 일이고, 아직 가슴에 물기가 마르지 않았다는 뜻이리라. 노란 은행잎이 흩날린다. 젊은 날 은행잎을 밟으며 경복궁에서 열리는 국전을 관람하러 가던 광화문 가로수 길이 떠오른다. 여럿이 비슷한 긴 생머리가 찰랑거리던 친구들은, 병원을 들락거리며 서리 허옇게 내린 머리로 황혼 길을 걷고 있다.

왜 그때는 몰랐던 것이 한참 지나서야 소중한 시간이었다고 깨닫게 되는지. 이 순간도 내 삶의 아름다운 한 부분으로 기억에 두고 싶다. 더러 외롭긴 해도 가슴에 떠안아야 할 게 없어 홀가분하고 꼬리 붙잡고 늘어질 짐이 없으니까. 크게 어긋나지 않았다면 비슷한 언저리쯤에 와있을 친구들을 그려본다.

따뜻한 모닝커피가 그리운 날이다.

4부

글을 쓰며

집은 곧 주인의 영혼을 담는 그릇이자 얼굴과도 같다.
겉은 외모를 안은 정신의 곳간이다.

대문 없는 집

봄볕이 더없이 따습다. 앞 동 마당에 부려놓은 이삿짐이 서두르는 기색이 없다. 독특한 제주만의 세시 풍속인 신구간 개념이 많이 변했다는 것을 느끼게 한다. 보름 동안 이어지던 이사 풍경은 북새통이나 다름없었다. 이삿짐이 들고나는 꼬리가 서로 맞물려 부산했는데, 요즈음은 신구간이라도 움직이는 기미가 뜸하다.

한동안 건축 붐을 일으켰던 신주택지를 갈 때가 있다. 새 건축물로 동네는 외양으로는 산뜻하고 깨끗했다. 하지만 건물이 비슷비슷한 데다 마당 한 뼘 없이 건물로 들어차 삭막하다는 생각이 먼저 들었다. 울타리가 없어 개방된 느낌은 들었으나, 나무 한 그루 심을 수 없는 게 아쉬웠다. 물론 한정된 대지에 건물을 올릴 수밖에 없었겠지만, 수십 년 후 이 동네가 어떻게 변할지가 궁금해지곤 한다.

처음 제주 생활을 시작할 때, 대문을 활짝 열어 놓은 풍경에 적잖게 놀랐다. 도둑이 없는 섬이라지만, 열고 잠그고 확인까지 하던 습관에 길들었던 나는 위태롭고 불안해 보였다. 어느 날부터 식구들이 모이는 저녁 무렵에 우리 집도 현관문을 열어 놓기 시작했다. 언뜻언뜻 앞가슴 풀어헤친 것처럼 허전해 횅하니 열린 문에 시선이 가면 슬그머니 손이 가슴으로 올라갔다. 요즈음은 사회적 불안 요소가 많아 대문을 단속하는 집이 늘어날 정도로 달라졌다.

경기도 신도시 신흥주택지에 지은 집을 구경하게 됐다. 담은 물론 대문도 없는 게 시선을 끌었다. 집과 집 사이 회양목이나 어린 쥐똥나무로 바자를 삼았고 뜰에는 잔디를 심었다. 현관으로 이어진 띄엄띄엄 밟기 좋게 놓인 검은 징검돌이 정겹다. 담이 없어 나신처럼 가리지 않은 건물이 허전할 것 같은데, 뜰 가운데 수형이 단아한 노거수 감나무 한 그루가 정원의 주인공이었다. 거실 유리창 한쪽을 그늘로 가리는 멋스러움이 주인의 안목을 말해 주는 듯했다. 뛰어난 식견과 심미안을 지녔을 것 같은 느낌을 받았다. 집은 곧 주인의 영혼을 담는 그릇이자 얼굴과도 같다. 겉은 외모를 안은 정신의 곳간이다. 단순히 사람이 거처하는 공간이 아니라 겉과 안의 치레도 감각이 필요하다.

인상적인 것은 옆집과 이어진 뜰이다. 흔한 관념 속의 집과는 사뭇 달랐다. 서로 담을 두르지 않아 현관을 나서 뜰을 건너면 바로 옆집과 연결이 된다. 터놓고 지내는 사이거나 모르는 이웃이라도, 자연스럽게 한집안 식구처럼 어울려 공유할 수 있는 공간이 되고 있었다.

담은 허허로운 마음의 가림막일 뿐이며, 담에 어깨를 걸친 대문은 곧 길의 시작이다. 문을 나서면 세상으로 나가는 출발점이 된다. 사람이 드나들기 위한 출구이자 소통의 길이다. 세상의 풍문과 이웃의 정이 오간다. 담을 없앰으로써 마음의 벽을 허물고 안에서는 따뜻한 가족과의 소통을, 밖으로는 이웃과 내왕하는 집이 된다면 우리 사회는 한결 따뜻한 세상이 되지 않을까.

초여름부터 선선한 바람이 불 때까지 대문 격인 현관문을 열어 놓고 생활한다. 적막할 만큼 고즈넉한 분위기에 옆집에 어린아이를 키우는 젊은 부부가 이사를 왔다. 통통 뛰어다니는 아이들로 미안해하지만, 그 모습마저 사랑스러워 이게 사람 사는 세상이라며 웃어넘긴다. 문을 기웃거리다 방긋 웃으며 "안녕하세요?" 배꼽 인사를 받을 때마다 귀한 아이들에게 따뜻한 에너지를 듬뿍 받는다.

글을 쓰며

신문사에 새해 들어 첫 원고를 송고했다. 한 달여를 씨름하고 나면 며칠은 아무것도 하고 싶지 않다. 머릿속이 자판기에서 벗어났다는 홀가분함뿐이다. 내가 좋아서 열정을 갖고 하는 일이다. 이쯤이면 손을 놓아야 하는 게 아닌가 하는 생각이 든다. 손 털고 나면 쓰는 즐거움보다 손을 놓은 가벼움이 더 좋을 수도 있으리라. 언제쯤 될까. 마지막 원고의 인사말을 생각해 보곤 한다.

빈둥거리다 어지러운 책상이 눈에 거슬린다. 뒤죽박죽 헝클어진 틈새에서 날마다 글줄을 캐고 다듬는다. 내 놀이터 같은 일상의 텃밭 같은 곳간이다. 끼적거리던 글을 버리고 채우다 보면 선택받지 못한 언어들이 숱하다. 어느 날 신선한 모습으로 홀연히 돌아와 내 앞에 서곤 한다. 알찬 알곡을 고르지 못하고 화려한 치장에 더 눈이 멀었을지 모른다. 숱하게 써 놓은 글 중에 몇 편이나 글다운 글을 고를 수 있을지 자문하곤 한다.

새로운 변화와 소재는 어떤 방향으로 가야 하나. 전환점으로 내

성향에서 과감하게 벗어날 수 있는 주제는 무엇일지. 별로 다를 것 없는 비슷한 소재로 마른침을 삼키는 날은 노트북을 덮는다. 독자와 만나는 글이 생명감은 있는가. 가슴을 데우는 인간적인 온기는 있나. 적어도 읽는 이의 마음을 얻어야 하는 게 글을 쓰는 목적이자 소망이다. 잠들기 전까지는 머릿속은 이런 고민에서 벗어나질 못한다.

새벽이다. 잉크 냄새 밴 내 글이 활자화된 날이다. 배달된 신문을 받고 페이지를 열기가 조심스럽다. 처음에는 멋모르고 우쭐거렸을지 모른다. 내 글이 신문에 실리다니. 신기했다. 가끔 잘 읽었노라는 메시지라도 받는 날은 매체의 보이지 않는 위력에 움찔했다. 유연하게 물 흐르듯 쓴 글은 매끄럽고 자연스러운데, 한 번 막혀 쉬기를 반복했던 글은 아쉬움이 많다.

자신의 글에 스스로 가치를 논할 수는 없다. 여차하면 오만하거나 겸손의 양날 위에서 허둥거리는 꼴이 될 수 있다. 글을 쓰면서 가장 고심을 하는 게 솔직함이다. 비빔밥처럼 이것저것 섞는 욕심은 부리지 말자. 그러다 보면 과대 포장하기 쉽고 허상의 옷을 입게 마련이다. 첨가보다 과감한 삭제가 우선이다. 담백하고 간결한 언어에 진실을 담고자 다짐한다.

이미 활자화된 글에 특별할 것 없이 노출된 내 생활이 부끄럽고 민망할 때가 있다. 누군가 지켜볼 수도 있는 투명 인간이 되고 있다는 생각이 들면 정신이 번쩍 든다. 겸손하게 말과 행동이 조심스러워지는 이유다. 타인은 생각조차 하지 않는데 이것도 일종의 자기 도취일지 모른다.

노무현 대통령이 글쓰기를 음식에 비유해서 한 말이다. 글을 잘 쓰는 법으로 '글쓰기는 재료가 좋아야 한다. 글의 시작은 에피타이 저, 끝은 디저트다. 메인요리는 일품이어야 한다.' 다양하게 많은 책을 읽어 해박하고 이론이 정연한 분이다. 어려운 역경을 불굴의 의지로 자신의 앞날을 개척한 분으로, 비슷한 시대를 살아온 나에 겐 글쓰기의 지침서다.

책상을 말끔히 정리한다. 며칠 지나면 다시 수북하게 메모지가 쌓이고, 나는 또 글자와 씨름하는 반복의 연속이 될 게다. 내가 살아가며 힘을 얻고 위로를 받는 곳은 노트북 앞이다. 해가 바뀌면 변함없는 소망 첫 순위는 언제나 좋은 글쓰기다. 올해도 그 바람과 열정은 변하지 않을 것이다.

그동안 고마웠어

"잘 가."

사거리 모퉁이를 돌아가는 뒷모습이 보이지 않을 때까지 우두커니 서 있었다. 조금 전에 함께 시장을 다녀왔다. 따뜻한 감촉이 채 가시지 않은 엉덩이 두어 번 도닥이던 손이 허전해 두 손을 맞잡았다.

예정에 없었던 일이다. 이렇게 갑자기 떠나보내게 될 줄은. 오랫동안 내 발처럼 움직여 주던 충직한 길잡이였다. 그동안 크게 말썽을 부린 일이 없거니와 탈이 난 적도 없어 신뢰감이 깊었다.

"보험료 환불받으세요."

떠나보낸 마음을 아직 추스르지 못했는데, 한 장의 폐차 증명서로 날아온 부재가 실감 나질 않는다. 몸통이 하나하나 분리되어 고철로 변하는 과정이 눈에 아른거려 가슴에 찬바람이 인다. 푸른 바탕에 각인된 번호판 숫자가 선명하게 머릿속에 떠올랐다 사라진다. 다시 내 곁으로 돌아올 수 없다는 걸 생각하면, 귀한 친구를 떠나보낸 허허로움을 쉽게 거둘 수 없을 것 같다.

　너와 함께 넓고 곧은 길을 달릴 때의 일체감은 짜릿하고 통쾌했지. 수백 개의 쇠붙이가 하나의 몸통이 되어 나와 호흡이 이렇게 완벽하게 어울릴 수 있을까. 네 능력이 뛰어난 거겠지만 내 운전 기술이 남다른 모양이라고 우쭐거리곤 했었다. 답답한 일상으로 후줄근한 감정을 일순간에 해소할 때, 네가 아니었다면 쉽지 않은 일이었다. 남들이 애지중지 반려동물을 키우는 것처럼 나도 그런 마음이었다.

　함께 한 지 십육 년이다. 내 몸이 여기저기 탈이나 자주 병원을 들락거리는 것처럼, 너도 비슷하게 닮아 가고 있었다. 가랑가랑 가래 끓는 소리, 언덕을 오르다 힘에 부쳐 가쁜 숨을 연신 토해낼 때면 불안감이 컸다. 많이 아프고 힘들다고 하소연하는 것 같았다. 득달같이 정비소를 찾는 조급증이 늘어난 것은 네 연륜이 노년으로 접어든 지 오래됐다는 점이다. 약봉지를 끼고 사는 주인처럼 변해 가는 모습을 지켜보며 착잡한 심정을 어쩌지 못했다. 행여 나들잇길에 힘에 겨워 그대로 주저앉지 않을까. 불안감으로 멀리 나가는 일이 조심스러웠다.

　네가 노쇠해 가는 모습은 깊은 연민으로 왔다. 처음 내게로 왔을 때다. 검은색의 날렵하고 중후한 허우대는 멋진 애인이 생긴 것처럼 설레고 듬직했다. 함께 나가면 선망 어린 시선을 받고 신바람 났던 시절이 엊그제 같은데, 이제 작별을 해야 하나. 너에 대한 배신 같은 마음이 들어 망설이던 차였다. 고분고분 내 뜻을 받아 줄 다소 곳한 사람을 만나기가 쉽지 않은 세상이다. 한낱 부리는 기계에 불과하지만 나와 함께 숨 쉬는, 내 이름으로 당당히 세금을 내는 귀한 재산이라고 여겼다.

먼지 부옇게 뒤집어쓴 채 하릴없이 서 있는 모습을 볼 때마다 상처투성이가 마음에 걸렸다. 생채기로 흠집이 생기고 긁힌 자국이 무수한데 근사하게 새 옷 한번 입혀 주었으면 좋았을걸. 늦은 후회가 온다. 내 얼굴에 검버섯 돋고 주름이 생긴다고 안달하다 덕지덕지 치장하면서, 노상 부리며 살던 너를 어찌 몰라라 했었는지. 참으로 인색한 주인이었구나.

새로 맞이한 친구와는 아직 서먹하다. 어느새 네 번째 인연을 맺었지만 가장 오래 곁에 있었던 건 너였다. 흰색의 중후한 몸체는 너와 비슷하나, 손놀림이 멈칫거려 남의 등에 올라탄 것처럼 조심스럽다. 그의 심장 소리가 건강하게 잘 돌아가는지를 귀 기울이며 친숙해질 때까지 시간이 필요하다고 고개를 끄덕인다.

무심한 날은 아파트 마당에서 습관적으로 너를 찾기도 한다. 어디쯤에서 애타게 기다리고 있을 것만 같은 착각에 휘휘 시선을 돌린다. 내가 생명을 불어넣어 네 심장을 뛰게 했고, 은륜을 반짝이며 거침없이 굴러간 세월이 얼마인데 잊지 못할 거야. 떠나보내고 나서 아쉽고 미안한 마음을 대신한 고백이다.

"잘 가. 그동안 고마웠어."

하찮은 것이라도 손때 묻은 물건을 정리한다는 건 마음처럼 간단하지 않다. 정을 붙이기는 어려워하지만 한번 맺은 정은 쉽게 저버리지 못한다. 인연은 필연으로 맺어진다는 생각이 들 때가 있다. 삶의 한가운데 스치고 간 궤적은 더러 잊고 이어지며 살아온 자취로 남는다.

점점 사람이나 어떤 대상에 살갑게 정을 주는 일을 주저하게 된다. 새로운 인연의 고리에 얽매여 짐이 될까 부담스럽고 맺은 인연을 끊기는 더 어렵다. 소중한 관계가 혹 어긋날까 조심스럽기도 하다.

난데없이 옷도 무거운 것은 걸치기 싫다. 심신이 얽혀 복잡하게 산다는 게 힘에 부친다. 버리기 아까운 것까지도 무심해지길, 너무 많은 것을 끌어안고 살지 말자. 간결하고 가볍게 아무것에도 구애받지 않는 삶이 내가 노년으로 살아가야 할 길이 아닐까.

나만의 지갑

오랜만에 대청소다. 거실 절반쯤 드러누운 햇살에 부옇게 부유하는 먼지가 신경에 거슬렸다. 새달을 맞으려면 해묵은 먼지는 말끔하게 털어내야겠다. 이참에 내 머릿속 복잡한 생각도 훌훌 털어내고 싶어 서둘렀다.

남편 책상은 늘 단정하다. 책꽂이에는 종류별로 가지런히 정리된 책과 사전, 색색의 볼펜이 통 속에 가득하다. 노트북 옆엔 조그마한 검은색 지갑이 정물로 자리했다. 전에 명함을 넣었던 것으로 두툼하고 부피 큰 지갑을 대신해 쓰고 있다. 현금으로 채울 필요가 없는 간편 시대에 제격이다.

속에는 신분증과 신용카드, 황금빛 지폐 한 장쯤 고이 접혀 있을 빤 한 속내다. 사용처가 훤한 남편의 용돈이다. 한때 지갑 안에 명함과 현금이 들어가 양복 안주머니가 볼록 불거지던 시절도 있었다. 현금을 쓰던 시절이다. 지금은 신용카드 한 장이면 간편하게 계산이 돼, 지폐를 많이 넣고 다니 필요가 없다.

사회에서 새로운 사람과의 첫인사로 명함을 정중하게 주고받는다. 명함은 그 사람의 얼굴이요, 소속 단체의 직책을 대변한다. 젊은 시절이다. 남편이 지갑을 내밀면 말없이 채워 주며 사용처를 묻지 않았다. 아침부터 싫은 소리 하기도 그렇고 달라질 것도 아니니까. 사무실이 교통 중심지에 있어 사랑방 같아 지인들이 노상 들락거렸다. 주머니 사정은 걸핏하면 비었고, 자정 가까이 들어와 몽롱한 정신에 지갑을 빼 화장대 위에 놓곤 했다.

아침에 나갈 때는 두둑하게 나갔는데 걸핏하면 빈 지갑이라니. 속이 부글거려 잠든 얼굴을 향해 눈 한번 흘기는 게 전부였다. 어느 날은 몇 장 확 빼 버릴까. 유혹으로 잠시 갈등이 일었지만 열어 보거나 손대지 않았다. 지갑 속은 남편의 자존심이고, 열어 보지 않는 것은 내 자존심이라 생각했다. 별것 아닌 것 같지만 부부도 지켜야 할 예의가 있다고 여겼다.

어쩌다 외출할 일이 생기면 먼저 지갑 사정부터 묻는다. 밖에 나가 기죽지 않으려면 돈을 풀어야 어른으로 대우를 받을 수 있다며. 하지만 두둑하게 채워 밖으로 나가고 싶어도 마땅히 갈 곳도 없고 만날 친구도 별로 없다. 돈이 있어도 딱히 쓸 일이 없는 게 노년의 삶이다. 어느새 행동반경이 좁아졌고 주위가 비어가는 현실이다. 머리만 반백으로 변하는 즈음인 줄 알았는데, 주름이 깊어 가는 모습에 하릴없이 측은하다. 차라리 밖으로 돌던 때가 그리운 건 피차 마찬가지니라.

평생 나만의 지갑을 가져보지 못했다. 지갑은 가족을 위한 것이었다. 비면 빈 대로 채우면 채운대로 물 흐르듯 빠져나가는 게 내 지갑의 역할이었다. 이렇게 사는 게 당연하다 생각하며 살아왔는데 동창 모임에서다. 부부 각각의 비자금 얘기가 나왔다. 알콩달콩 의 좋게 살면서 따로 주머니 차는 부부가 있었다. 몇십 년 결혼생활에 내 몫도 없이 자신을 홀대하고 산 게 아닌가 하는 회의가 들었다.

홀로 있는 시간이면 내게 종종 묻곤 한다. 이게 온당한지를. 나를 위해 아무것도 해준 것 없어 허무한 생각이 든다. 늦었지만 늘그막에 든든하게 의지할 수 있는 게 무엇일지. 남편일까. 자식일까. 아니면 딴 주머니는 아닐까.

답을 알 수 없는 게 삶이다. 짐을 내려놓을 시기에 무엇을 또 짊어진다는 게 옳은 건지. 넘치게 산 건 아니지만 아쉬움도 평생 동반자다. 가장 귀한 재산이 건강인데 쓸데없는 욕심부리지 말자고 속으로 다독인다.

운동화 예찬

고요 속에 잠긴 집 안 풍경이 정물이다. 더위에 지쳐 넓적한 옥 잠화 잎이 축 늘어졌다. 숨 막힐 것 같은 고즈넉함이 답답해 훌훌 털고 일어나 운동화 끈을 당겨 맨다.

더운 열기가 정수리에 내리꽂힌다. 새로 산 보라색 운동화가 산뜻해 기분을 한결 돋운다. 이쯤 더위야 뭉그적거리는 게으름보다 낫지. 부지런히 걷기 시작한다. 푹신하고 가벼운 착화감이 기분 좋아 발걸음이 날 듯하다.

운동 겸 걷는 일을 즐길 거리로 삼는 내게 신발은 가장 중요한 도구다. 곁에 이런 듬직한 친구 하나 있다면 삶이 한결 든든할 것 같다. 발이 편해야 느긋하게 먼 곳까지 걸어도 부담이 되질 않는다. 볼이 넓고 밑창이 두꺼운 등산화와 운동화를 두 켤레 마련해 놓고 기분 내키는 대로 신는다. 이제는 가깝거나 멀거나 나들이는 거의 운동화 차림이다. 구부정하던 등과 팔자걸음이 어느 정도 교정이 된 것도 걷는 덕이라는 생각마저 든다.

어느새 신장엔 구두보다 플랫슈즈와 운동화류가 주를 이룬다. 정장용 구두는 구석으로 밀린다. 모처럼 신을 일이 생겨 꺼내 보면, 먼지에 빛바랜 모습이 흡사 부스스한 내 모습 같아 화들짝 놀란다. 몇 번 신지 않은 구두가 사랑받지 못한 티를 내는지 까칠하다. 관심에서 멀어지면 사람은 물론 무생물도 다를 것이 없다. 마치 내가 그렇게 속절없이 흘러가고 있는 것 같은 생각에, 반질반질 윤기 나게 닦아 넣곤 한다.

몇 년 전부터 운동화가 유행이다. 남녀노소 가릴 것 없이 길에 나서면, 아웃도어에 운동화 차림의 행인들이 많다. 학창 시절 교복에 맞춰 신던 운동화가 어느 장소엘 가도 이런 풍경이 흔하다. 그 덕에 거리가 더 젊어진 느낌으로 활기차 보인다.

서울 나들이 때 본 지하철 풍경이다. 의자에 나란히 앉아 있는 사람들의 알록달록 고운 색 신발이 볼거리다. 곱게 단장한 노년의 여인들이 신고 있는 원색 운동화는, 이심전심 내 심정인 것 같아 슬그머니 미소가 번진다. 색감은 은연중 지난 청춘을 그리워하는 속내를 표현한 것이리라. 정장 차림을 한 젊은이가 운동화를 신었어도 그리 어색해 보이질 않는다. 틀을 깬 고정관념이 오히려 유쾌하다. 간편한 것에 익숙해진 소비자가 남의 시선이나 체면에 연연하지 않고, 실리적인 것을 받아들이고 있는 모습이다.

세련된 디자인으로 다양한 재질의 물건이 매장에 진열된 것을 보면, 마음을 뺏겨 욕심이 생길 만큼 운동화 예찬론자가 됐다. 취향에 따라 가격도 선택의 폭이 넓어졌고, 너나없이 가세해 유행의 물결이 좀체 수그러들 기미가 보이지 않는다.

오래전 부산 지역은 신발 산업이 호황을 누렸다. 지역 경제를 이끌다시피 했던 굴뚝산업이 사양으로 기울더니 최근에 일손이 달린단다. 외국에 두었던 공장이 다시 돌아온다는 것도 이런 유행의 덕이라 한다. 유행이란 시대의 흐름을 타며 돌고 도는 순환의 고리다.

워낙 굽 높은 구두를 멀리했던 터였지만, 예를 갖춰 나서야 할 자리에는 구두를 신었다. 그런대로 편하다는 구두도 잠시다. 발가락이 아프기 시작하면 어서 집으로 돌아가고 싶은 마음뿐이다. 걸핏하면 발톱에 피멍이 들어 고생하곤 했다.

신발도 그렇지만 신체를 조이는 옷도 점점 입고 싶지 않다. 답답한 것도 그렇고 겉치레가 마치 나를 구속하는 것 같은 불편함을 견디지 못한다. 몸을 감싸고 걸치는 모든 것에서 가벼워지고 싶은 욕구가 몸에서부터 시작되고 있다고 할까. 더불어 몸과 마음의 헐렁한 여유가, 느슨한 삶의 가치를 깨닫게 하는 동기 부여가 된다면 좋겠다. 옷은 겉껍데기에 불과하다는 생각이 미치면 치장에 공을 들이는 게 무의미하다는 생각마저 든다.

한번 길들인 편리함은 되돌리기 쉽지 않다. 내 편하고 좋으면 그만이라는 생각은 나태의 변이 될 수 있겠다. 그러나 세상의 흐름으로 답답했던 관념의 틀을 벗어난다는 해방감이 더 크다. 남의 시선에 신경 쓰며 산다는 게 얼마나 피곤한 삶인가.

가끔 운동화 두 켤레쯤 등짐으로 지고 불쑥 떠나 보고 싶은 충동을 일으킬 때가 있다. 육체적으로 고단한 일상도 아니면서 늘 매여 있다는 속박감이 들어 낭만적인 휴식을 꿈꾸곤 한다.

　신발은 걷기 위한 것. 곧 출발을 의미한다며 가지런히 놓인 운동화가 집에서 어서 빠져나가자고 자꾸 부추긴다.

떠나지 못하는 배

누굴까. 아기를 안고 인사하는 젊은이의 모습이 낯설지 않은데 기억이 가물거렸다. 난처한 표정을 읽은 듯 오래전 옆집에 살다 이사 갔노라 했다. 그의 어머니 얘기가 나오고서야 생각이 났다. 오랫동안 세를 놓다가 이제 자기들이 들어와 살 거란다. 내부 수리 공사를 하게 돼 많이 불편할 거라고 양해를 구하는 곁에서 예쁘장한 아기의 엄마가 상냥하게 거들었다.

문득 연어가 떠올랐다. 개구쟁이였던 어린아이가 어엿한 청년으로, 거기다 식솔을 거느린 가장으로 돌아왔다. 반갑고 가슴이 뭉클하면서 갑자기 소낙비 맞은 것처럼 후줄근해 기분이 묘했다. 그러고 보니 떠났다 돌아온 세월이 열 손가락 두 번 꼽을 만큼 된 것 같다.

한자리에서 꼼짝하지 않고 사는 동안 여러 이웃과 헤어지고 만나는 일을 셀 수 없이 겪었다. 친구로 지낼 만큼 좋은 이웃도 있지만, 말 한마디 나누지 못한 채 떠난 사람들도 많다. 나보다 먼저 이

사 온 이웃 몇몇은 지금까지 살고 있어 변함없는 든든한 동행자 같은 마음이 든다.

최근 첫 입주부터 살았던 어르신 몇 분이 연이어 세상을 떠났다. 생전에 주민들을 위한 봉사며 사회활동도 활발히 하셨던 분들이다. 이러다가 나도 이곳에서 마지막 생을 맞이하는 게 아닌가 하는 생각이 들면, 서둘러 새 둥지로 날아가야 할 것 같아 시무룩해진다. 흐르지 못하는 웅덩이에 고여 있는 물 같은 기분이다.

나는 왜 떠나지 못했나. 새로운 항해를 위한 준비는커녕 아예 생각조차 하려 들지 않았다. 망설이며 저울질하다 흐지부지되곤 했다. 내 편하면 그만이라는 생각이 우선이었다. 새 옷을 입을 적마다 조심스럽고 불편한 것보다, 늘 입어 편한 간편복에 안주해온 셈이다.

유년 시절 내 의지와 관계없이 교육여건이 좋은 외가에서 자랐다. 다시 상급학교 진학을 위해 서울로 이주했다. 결혼 후 남편의 직장 따라 부산으로, 다시 서울을 거쳐 제주에 안착했다. 예정된 일처럼 비슷한 햇수로 이리저리 흘러 다니다 돌아와 보면 변한 게 너무 많았다. 한곳에서 안주하지 못하는 부평초 같았다. 나는 왜 사랑하는 핏줄과 친구들을 멀리 두고 살아야 하는가. 그건 내게 주어진 운명과 같은 외로움으로 질긴 인연이었는지 모른다. 그게 상처였을까. 한곳에서 싹을 틔우고 뿌리를 내린 사람이 부러웠다.

환경이 바뀔 적마다 적응하느라 힘들었던 게, 낯가림으로 이어졌지 않나 하는 생각이 든다. 이삿짐을 옮겨 놓고 바라보던 하늘은 아득했고, 상냥하게 불어오는 바람조차 냉랭하고 낯설어 눈자위가 시큰거렸다. 토종식물 곁에 비비적거리며 뿌리를 내리려 애쓰는 외래종 같은 시절이었다. 남편이 곁에 있고 금쪽같은 어린 자식들이 품에 있어도 외로움은 별스러웠다.

보상심리처럼 매달려 키운 아들과 딸을 한꺼번에 서울로 보내고 허허롭고 때로는 가슴 벅찬 나날이었다. 그때부터 내 품에서 벗어나 자신의 세계로 비상을 위한 날갯짓이 시작됐던 셈이다. 멀리 떨어져 있는 게 안쓰럽고 불안해 예민하게 신경을 세웠다. 몸은 제주에, 마음은 서울에 있었다. 맘껏 날개를 펴라 밀어주고 응원하며, 속으론 품에 꽁꽁 가두고 달아나지 않게 묶어 두고 싶었던 것은 보이지 않는 두려움이었으리라.

돌이켜보면 어머니라는 안경으로 자식을 보는 시선은 좁았었나 보다. 그것은 자신에 대한 불확실성 또는 자신감의 결핍은 아니었는지. 염려와는 달리 충분히 제 몫을 하며 더 자유롭지 못해 안달하는 모습은 곧 나 자신이기도 했으리라.

손주들은 하루가 다르게 커 간다. 잠깐 못 본 사이 물오른 나무처럼 훌쩍 자란 모습은 대견하고 꽉 차오르는 기쁨이다. 한데 자식들의 외면에 언뜻언뜻 스치는 장년의 티에 가슴이 철렁 내려앉는다. 벌써 너희들이…. 내 나이 더해 가는 것은 허망하고 자식들의 나이 듦은 두려움으로 온다.

엄마가 힘들 것 같다며 더위를 피해 휴가를 늦춰 선선해지면 오겠단다. 이제는 부모의 힘든 것을 생각하고 챙기는 자식이 됐다. 어머니로 불리기보다 엄마로, 어른이 되었어도 아이들이라 부르는 것이 더 좋은 것은, 가슴에 매어두고 훌훌 떠나보내지 못하고 있는 건 아닐지. 언제까지 자라지 않는 아이들로만 품고 싶은 애착인가 보다. 이미 내 곁을 떠나 자기들의 길로 간 지 오래됐는데. 내가 그늘이 되어 줄 날도 그리 많지 않겠구나.

떠나지 못하는 배. 멀지 않은 날 아이들 곁에서 닻을 내릴 수 있을까.

때로는 무심히

　며칠 집을 비운다. 그동안 내 손길에서 떠날 수 없었던 주방 살림이며 TV, 가구가 적막한 공간에서 잠시 휴식을 취할 시간이다.

　집을 나서면 육체적으로 고단한 일정이 되겠지만, 머릿속이 한가해 정신적으로 홀가분하다. 좋아서 하는 일이나 매일 씨름하는 글쓰기 작업도 여백이 필요하다. 지독한 몰입의 순간에 아무것도 주위에 시선을 두지 않았던 자신을 돌아볼 때, 홀로 존재했던 시간에서 벗어나 봤으면 하는 생각이 들었다. 늘 변함없는 틀에 갇혀 있다 보면 사고 또한 그 범주를 벗어나지 못한다.

　밖이 아닌 집에서도 소음을 피할 수 없다. TV가 그렇다. 보든 안보든 늘 켜 놓고 산다. 그게 적막한 공간에서 숨 쉬고 귀가 열려 내가 살아 있다는 증거 같은 일상이 됐다. 그런 소리마저 없다면 세상에서 완전히 소외된 존재가 될 것 같은 두려움이 깔려 있다.

　관심을 기울이지 않아도 매일 매스컴에서 쏟아내는 세상의 소리가 절로 귀에 들어온다. 마치 꼭 듣고 알아야 할 것처럼 놓쳐선 안

되는 이야기로 들린다. 별반 다를 것 없는 뻔한 정치 얘기, 저 나름으로 살을 붙이는 화젯거리에 짜증이 났다. 흥분하고 분노하다 나라가 걱정돼, 네 편 내 편 열을 올리며 혼자 분별없이 뜨거운 애국자가 된다.

어느 날 이것들이 얼마나 심신을 피폐하게 하는지 정신이 번쩍 들었다. 내가 아니어도 나라 걱정하는 사람이 많고, 세상은 변함없이 흐른다고 생각하면 씁쓸하다. 우리는 왜 서로 헐뜯고 끌어내리기에 급급한가. 나와 다른 상대를 인정하고 너그럽게 품는 사회는 요원한 것인가. 그나마 가슴을 훈훈하게 하는 화제에 위로가 된다. 각박한 사회를 따뜻하게 데우는 미담으로 음지의 소외된 부분을 밝히는 불빛이 고맙다.

잠들지 못하는 밤에 인문학 강의를 듣노라면 얇은 앎에 주눅이 들었고, 새로운 지식을 얻은 기쁨에 밤이 깊어 가곤 한다. 즐겨 보는 프로라면 세계 곳곳의 가고 싶은 여행지를 앉아서 눈으로 즐기는 좋은 점도 있다. 그럴 때면 현실처럼 깊숙이 빠져든다. 그리움과 아쉬움이 남아있는 여행지다. 다시 저곳에 갈 수 있다면, 어느새 낯익은 풍경 속으로 끌려들어 그때처럼 거닌다. 세계를 거리낌 없이 누비는 독신 여성 여행자에게 외경심마저 갖는다. 쉽게 이룰 수 없을 동경하는 삶이다. 젊은 시절로 돌아간다면 홀로 자유로운 영혼으로 살고 싶다는 생각에 다다른다.

이런 것은 듣고 보지 않아도 되는 것들이다. 모르고 사는 게 서

투르게 아는 것 보다, 편하게 사는 방법이 될 수 있다. 자기 자리에서 주어진 대로 소신껏 받아들이는 삶이 더 편안하고 여유로울지 모른다. 둥지를 벗어났을 때 보이는 신세계는 일시적인 착시 현상일 뿐 전부가 아니니까.

떠나 있는 동안 신문이며 TV도 아예 거리를 두었다. 집에서 동동거리며 온갖 소리에 묻혀 살던 때와 달리, 덮어 두니 신기할 정도로 무심해졌다. 매일 왕왕거리던 귓속도 한가하다. 마치 육지에서 멀리 떨어진 섬에서 유유자적 배회하는 것 같았다. 때로는 내가 서 있는 자리를 멀리서 바라볼 수 있는 시간도 필요하다. 단절된 사고는 새로운 끈으로 이으면 한결 신선하리라 다독였다.

눈에 들어오는 대로 보고 소문난 맛집을 찾아다녔다. 방랑자처럼 낯선 도시의 골목을 배회하는 즐거움도 좋았다. 이렇게 살아도 된다는 것, 살아가는 데 수많은 세상의 소리는 그리 필요치 않을 수 있다. 내밀한 내 안의 목소리가 귀에 들어오는 것도 집을 벗어나고 싶은 이유가 될 것 같다.

발길 이끄는 곳에서 잠시 멈춰 진정 그리운 건 무엇일까. 곰곰이 생각했다. 영혼을 맑게 깨어나게 할 수 있는 것은 무엇인지를. 휴식이 필요할 때 간절한 것은 잠재의식 속에 늘 존재했다. 어릴 적 대청에 누워 듣던 낙숫물 소리, 허드레 샘에서 졸졸 흘러내리던 도랑물 소리며, 대숲에 이는 바람 소리…. 그건 모태 신앙과도 같은 치유의 음성이자 성장의 디딤돌이다.

달라진 것 없는 일상으로의 회귀다. 우편물 속에 한 번도 만나지 못한 이들이 보내준 책들이 기다리고 있다. 먼 곳에서 물 건너 찾아온 인연이 고맙고 소중하다. 단지 글을 쓴다는 교감이 맺어 준 사람이다. 책을 읽으며 보낸 이를 생각하고 글 속에서 저자를 만난다. 저자의 목소리가 영감이 되어 소스라치게 깨어난다. 오랜만에 섬광처럼 번득이는 언어에 자판기가 바쁘다.

청소기를 돌리고 TV를 켠 채 개의치 않고, 글을 쓰며 새벽 신문을 읽는 생활로 돌아왔다. 며칠 단절되었던 과거는 침묵으로 존재할 것이다. 마치 강둑에 서서 건너다보는 마주하기처럼, 이쪽저쪽 편 가르기 하던 시간을 돌아보라는 듯이. 집을 떠나 비로소 보였던 내 울타리가 소중했다. 매일매일 일어나는 일상의 모든 것은 단지 잡음만이 아닐 수 있다. 다만, 내 의식이 지혜롭게 가려들으면 헛되지 않으리라.

가을이 깊어 간다. 한동안 속 빈 강정이 돼 겉돌던 마음을 다잡아 추스른다. 자신의 몸피를 줄여 가벼워지는 비움의 계절이다. 몸과 마음에 비늘처럼 달라붙은 묵은 찌꺼기를 걸러내는 시기다. 일상의 무게에 눌려 있던 잠시의 일탈은 진정 무심은 아니었다.

모차르트를 만나다

오스트리아에선 어디서나 세계적이라는 수식어가 따라다닌다. 천혜 알프스산맥의 때 묻지 않은 자연환경, 수백 년을 자랑하는 중세의 고풍스러운 건물들이 도시를 장악한다. 마성처럼 마음을 훔치는 음악과 역사가 숨 쉬는 곳곳의 문화유적들로 관광객이 끊임없이 몰려든다. 세계에서 가장 살기 좋은 나라로 꼽히는 점에 고개를 끄덕이지 않을 수 없다.

잘츠부르크는 예전에 소금 광산이 있던 곳으로, 이 도시가 부를 누리며 형성된 배경이다. 음악 애호가들이 한 번쯤 꼭 찾고 싶어 하는 모차르트가 태어난 도시다. 그가 떠난 지 수백 년이 흘렀지만, 여전히 그의 음악을 사랑하고 기리는 흔적이 많이 남아있다.

먼저 뮤지컬 영화 '사운드 오브 뮤직'의 무대인 미라벨 궁전에서 관광은 시작됐다. 아름다운 전경이란 뜻의 바로크 양식으로, 7세기 대주교 볼프 디트리히가 사랑하는 연인 실로메 알트를 위해 지은 궁전이다. 얼마나 사랑이 깊었으면 이렇게 거대한 궁전을 지어 주었는지. 놀라지 않을 수 없다. 모차르트가 대주교를 위해 연주했던 흰 대리석 방은 결혼식과 콘서트홀로 사용되고 있단다.

이십 대 처음 접했던 뮤지컬 영화로 지금도 깊은 감동으로 남아 있다. 가슴은 벅찼는데 막상 현실과 상상의 틈은 컸다. 영화의 한 장면인 이곳에 내가 있다는 것만으로도 큰 기쁨이었다. 마리아와 일곱 아이처럼 두 팔을 벌리고 분수대 곁을 폴짝폴짝 뛰면서 도레미 송이라도 부르고 싶었다. 궁 안으로 들어갈 수 없는 아쉬움, 오월 흐드러지게 핀 장미의 정원에서 짙은 향기로 달랜다.

미라벨 궁전 정문을 나오자 오른쪽으로 이 도시가 낳은, 세계적인 지휘자 헤르베르트 폰 카라얀의 생가가 나왔다. 오랫동안 독일 필하모니 오케스트라의 지휘자였던 그는, 정원에서 지휘봉을 든 채 동상으로 서 있다. '여기는 카라얀이 태어난 곳이다. 그런데 모차르트도 여기서 태어났다.' 잘츠부르크인의 자랑이요, 자긍심이 엿보인다.

호엔잘츠부르크성이 올려다보이는 잘차흐 강을 중심으로 신시가지와 구시가지로 나뉜다. 강폭은 좁았고 탁한 물살은 빠르게 흐른다. 과거 소금 광산에서 소금을 실어 날랐단다. 구시가지 모퉁이를 돌아 잘츠부르크 대성당을 만났다. 17세기 세워져 최고 만 명까지 수용한다니 그 규모에 놀랐다. 유럽 가톨릭 문화의 중심지로 육천 개의 파이프 오르간을 간직한 곳이다. 모차르트가 유아세례를 받았으며 오르간을 연주했던, 어릴 적부터 인연 깊은 성당으로 더 유명세를 치르는 것 같다.

　믿음, 사랑, 희망을 상징하는 세 개의 철문 위 숫자 774는 성당이 완성된 해, 1628은 대화재 후 재건, 그리고 1959는 2차 세계대전 시 공습으로 다시 건축한 연도다. 왼쪽에 열쇠를 든 성 베드로, 오른쪽 칼을 든 사도 바오로 동상이 서 있는 가운데 청동 문을 통해 안으로 들어갔다. 입구 왼쪽에 모차르트가 세례를 받았다는 청동 수반이 놓여 있다.

　바로크 양식의 흰 대리석 내부는 유럽의 여러 성당에서 보았던 화려한 스테인드글라스는 없다. 프레스코화로 구약성서 이야기를 그린 벽화가 중앙 돔 창을 통해 들어온 햇빛으로, 우아하고 은은한 아름다움에 취해 연신 감탄사가 나왔다. 신자는 아니지만 웅장하고 섬세한 건축미에 압도됐고, 성화에 절로 고개가 숙어졌다. 환청인가. 모차르트의 장엄한 미사곡이 귓가에 맴돈다.

　모차르트의 생가는 구시가지의 좁고 오래된 게트라이데 거리에 있다. 중세 건축 특성이 그대로 남아있는 건물 4층에서 1756년 태어나 17년을 살았던 집이다. 어릴 적부터 궁정 악사였던 아버지의 손에서 음악을 공부해 신이 내린 천재로 불리었다. 음악에 대한 아버지의 열정이 오늘날까지 사랑받는 음악가로 만들었다. 문은 굳게 잠겼고 고개를 젖히고 올려다본 집은 소박하다. 모차르트가 태어나고 자란 동네가 세계적인 쇼핑 골목으로 이름나 관광객으로 북적거린다.

게트라이데 거리는 문맹률이 높았던 중세시대에 문맹인들을 위해, 가게의 상품 특성을 철제로 조각해 만든 간판이 볼거리가 되고 있다. 백 년의 역사를 자랑하는 수제우산, 구두, 허리띠며 등잔 모양의 간판들이 하나의 예술품으로 존재한다. 지금도 간판을 만드는 장인이 따로 있단다. 조그마한 간판 하나하나가 볼거리가 되는 거리를 기웃거리며 걸었다.

모차르트는 유럽 왕족과 상류사회 귀족들을 위해 오페라며 연주 작곡까지, 짧은 생애 동안 작품 활동은 열정이 넘쳤고 화려했다. 합스부르크 왕가의 후원 속에 하이든, 베토벤과 함께 고전주의 음악을 완성했다. 빈 고전파 음악가들이 이룩한 클래식 문화 업적은 아직 후세인들이 넘지 못하는 영역이다.

그의 음악을 사랑하고 즐기는 애호가들이 있는 한, 잘츠부르크는 영원한 모차르트의 도시란 생각이 들었다. 비록 생가는 들어갈 수 없지만, 내가 가장 좋아하는 음악인 모차르트의 흔적이 깃든 거리에 와 있다는 현실에 가슴이 뛰었다.

빈의 선술집을 가다

그린칭은 오스트리아의 수도 빈 외곽지에 있는 전원마을로, 대대로 포도를 재배해 직접 와인을 빚는다. 햇포도를 수확해 빚은 포도주를 호이리게(Heurige)라 한다. 포도주와 곁들여 음식을 파는 유명한 동네로, 우리나라의 막걸릿집과 비슷하다.

오랫동안 포도 재배 농가들은 자신이 생산한 와인을 마음대로 먹거나 팔 수 없었던 시절이 있었다. 그런 농민들의 불만을 수용한 황제 프란츠 요제프 2세에 의해 호이리게의 유래가 됐다고 한다.

악성 베토벤이 사랑했던 마을로 휴양 차 머물렀던 집이 남아있다. 아름다운 숲속을 산책하며 얻은 영감으로 '전원 교향곡'을 작곡했고, '합창 교향곡'의 모티브가 됐다. 청력을 잃어가던 절망감 속에 숲과 포도밭은 그에게 많은 위로가 됐으리라. 이런 스토리텔링과 엮어 1차에서 지금의 6차 산업까지 이르게 한 배경이다.

그린칭은 오스트리아인들이 사랑하는 빈의 명소로 문화재보호지역이다. 명성이 자자한 선술집인 알터 바흐 헹글(Alter Bach-Heng)

에 가는 길이다. 와인 잔과 바이올린, 접시를 가운데 둔 나이프와 포크가 나란히 놓인 명함이 인상적이다.

한적한 좁은 골목길을 지나 완만한 언덕에 이른다. 엷은 노란색 벽을 담쟁이 넝쿨이 푸르게 덮었다. 입구에서 정면으로 보이는 집은 본채인 듯, 갈색 지붕을 넉넉하게 덮은 나무가 정원 가운데 우람하다. 오랜 연륜을 느끼게 하는 늙은 포도나무가 시원한 그늘을 드리우고 있다. 역사와 전통을 자랑할 만큼 고풍스럽다. 포도를 심어 와인을 빚는 내림이 천년이라니. 대대로 내려오는 수제 와인 맛이 궁금하다.

세계적인 명사들의 방문 기념사진이 벽에 즐비하게 걸려있다. 요한 바오로 2세, 중국의 주석 장쩌민, 프랑스 미테랑 대통령, 미국의 지미 카터 대통령이 벽에서 환이 웃고 있다. 미남 배우 알랭 들롱과 관능적인 세기의 연인 소피아 로렌까지. 내 눈에 익은 명사는 이뿐이다. 창가에 줄기를 내리는 빨간 피튜니아와 제라늄의 강렬한 색깔이 해묵은 고택과 묘하게 조화를 이룬다. 저녁을 먹기엔 이른 시간이다. 나무 밑에서 와인과 함께 저녁을 즐기는 손님들로 북적거린다.

오스트리아는 세계적인 음악가를 여럿 배출한 음악의 나라다. 악성 베토벤과 신이 내린 천재 모차르트, 가곡의 왕 슈베르트, 왈츠의 황제 요한 슈트라우스까지. 감성이 풍부한 예술의 도시는 어떤 맛일까. 알맞은 기후가 키운 품질 좋은 포도는 곧 맛있는 와인을 낳

게 했다. 유럽인은 무던히 와인은 즐겨 사랑하는 이들이 아닌가.

훈제로 익힌 도톰한 돼지고기에 유명한 비엔나소시지, 채소와 섞어 푹 삶은 감자가 나왔다. 토마토와 양상추가 어울린 푸짐한 샐러드, 절임 채소는 새콤달콤해 김치처럼 고기의 느끼한 맛을 덜어주었다. 내가 와인 맛을 어찌 알랴. 천년의 맛이라니. 설레는 가슴을 진정시키며 내림 숨결이 밴 향을 천천히 음미하며 목으로 넘긴다. 화이트 와인 한 잔에 피로감이 일순간에 녹아내리고 얼굴이 달아오른다.

나른하게 눈까풀이 무거워질 즈음이다. 난데없이 악사가 테이블 앞으로 왔다. 배가 불룩 나온 중년의 악사는 아코디언을, 눈이 큰 미남 청년은 바이올린 연주를 시작했다. 우리의 국민 동요 '과수원 길'을 눈을 지그시 감은 채, 마치 그린칭의 포도밭을 노래하듯…. 연이어 '바위섬'에 '아리랑'까지. 가슴이 뭉클해 나도 모르게 두 엄지를 치켜세웠다. 와인 맛보다 감동에 취했다. 집이 생각나는 것도 아닌데 떠나온 지 며칠 되지도 않은 내 나라가 눈에 아른거렸다.

행복하고 즐거운 여행이다. 이런 순간에 소중하고 귀한 가족들이 그립다. 함께 왔더라면 좋았을걸. 이렇게 좋은 곳을 공유하지 못하는 아쉬움과 미안함이 컸다. 언제 이곳을 다시 올 수 있을까.

어둠이 내리는 골목길에 백열등이 불을 밝힌다. 덩치 큰 버스는 슈베르트 생가를 지나고 있다. 젊은 나이로 요절한 세계적인 낭만파 음악가의 집은 화려하지도 웅장하지도 않았다. 예전 그대로란다.

곧 시작될 비엔나 레지던트 오케스트라단의 공연을 보러 간다. 오늘 여행의 꽃이 될 음악회로 여행 전부터 벼르고 기다리던 일이다.

생명 나눔 릴레이

새벽 신문을 읽다 가슴이 뭉클했다. 사고로 뇌사에 빠진 환자가 각막과 장기를 기증하고 떠났다는 기사다. 유족들이 쉽게 결정할 수 없는 일이다. 생전에 본인이 작성해 놓은 유언장대로 뜻을 따랐단다. 성탄절에 축복으로 내린 선물이다. 각막 이식으로 어둠 속에서 빛을 찾게 됐고, 기약 없이 기증자를 기다리던 환자들이 건강을 되찾게 된 사연이다.

연말연시를 즈음해 어려운 이웃을 위한 선행에, 우리 사회의 온기가 식지 않았음에 위안이 된다. 생전에 꼭 하고 싶은 버킷리스트 목록으로 나눔과 봉사를 최고의 가치로 꼽는다. 불의의 사고로 장기며 인체, 사후 시신까지 기증하는 사례가 늘고 있다. 가족이 아닌 타인에게 조건 없이 자신의 생체 일부를 떼어 주는, 숭고한 생명 나눔은 고귀한 인간애의 꽃이라 할 수 있다.

최근 들어 죽음을 어떻게 맞아야 할 것인가에 대한 관심이 높다. 의료기에 의지한 인공호흡기나 심폐소생술로 가망 없는 생명을 이어가지 않겠다는 생각이다. 뇌의 활동이 멈춘 후의 삶은 의미가 없으며, 죽음을 순리대로 받아들이겠다는 뜻이다.

존엄사 논쟁은 미국에서 식물인간이 된, 카렌 앤 퀸란의 변호인 폴 암스트롱에 의해 촉발된 뒤 세계적인 여론이 됐다. 의사의 관점에서가 아닌, 환자 본인의 의사를 존중해야 한다는 뜻에 무게를 둔다. 종교계에는 생명의 존엄성을 훼손하는 일이라고 우려하는 목소리가 높았다.

우리 사회에서도 논쟁이 뜨거웠다. 1997년에 보라매병원에서 있었던 연명치료 중단 사건 후, 국민 대다수 특히 노령인구는 거의 찬성하는 현실이다. 늘그막에 죽음보다 더 두려운 건 질병으로 오는 고통이다. 병시중을 들어야 하는 가족들의 심리적, 경제적인 부담 또한 만만치 않다. 앞으로 노령인구의 증가로 국가적인 부담도 상당할 것으로 보인다.

오랜 논쟁 끝에 연명의료중단법이 국회에서 통과됐다. 환자, 가족의 뜻과 취지에 많은 사람들의 지지를 얻고 있다. 품위 있게 떠나고 싶은 환자의 목소리가 의료계와 갈등으로 발이 묶였던 일이다. 선택은 본인의 몫이다. 그 뜻이 존중되어야 한다는 점에 공감대가 클 것으로 보인다.

종합 병원 중환자실에 문병 갔던 기억은 지금도 두려움이다. 의식도 없는 중환자가 의료기에 의지한 채 고통스러운 신음만 가쁘게 흘러나왔다. 충격이었다. 남의 일이라고만 할 수 없었다. 언젠가

TV 다큐멘터리 프로에서 본 장면은 엄숙하고 숙연했다. 호스피스 병동에서 가족들이 지켜보는 가운데 임종을 맞는 환자는 평온하게 눈을 감았다.

할 수 있다면 사랑하는 이들과 손잡아 눈 감고 싶은 소망은 누구나 갖고 있을 것이다. 존엄사법 통과를 연계로 호스피스 병동을 대폭 늘려야 한다. 고통을 덜어 두려움 없이 떠나고 싶은 간절한 마음은 누군들 다를 수 없을 것이다.

몇 해 전 우리 부부는 생명윤리센터에서 사전연명의료의향서 확인증을 받았다. 백세를 내다보는 시대. 언제 어떻게 닥칠지 모를 불행 앞에, 쉽게 결정할 수 없을 가족들의 고통을 생각지 않을 수 없다. 조그마한 카드 한 장이 큰 짐을 내려놓은 것만큼 홀가분하다.

사전연명의료의향서가 사회적으로 큰 호응을 얻고 있는 점에 관심을 가져야 할 시점이다. 지나온 삶 못지않은 죽음은 생의 마지막 엄숙한 정리로, 그 순간을 어떻게 맞이할지. 남은 가족에 대한 부담을 덜자면 자신이 미리 준비해 두어야 한다.

이번 뇌사자로부터 기증받은 가족들 모두 장기 기증 서약을 했단다. 법시행에 앞서 이런 생명 나눔 릴레이가 사회를 밝히는 따뜻한 등불로 번지길 기대한다.

5부

대숲에 들다

불꽃처럼 뜨겁게 타오르던 그런 열정이 그리운 날,
여윈 가슴에 물기 어린다. 무엇이라도 좋다.
따뜻한 손 잡아 메마른 뜰에
꽃 피울 심금을 울리는 영혼을 품고 싶다.

군무群舞·1

고층 아파트 건물 사이로 날 세운 눈보라가 사선으로 날아오르며 회오리친다. 희뿌연 허공에서 맴도는 꽃잎들의 춤사위. 몽환적인 흰 꽃 이파리들. 시린 동공 속에 박히는 무수한 점, 점…. 눈이 아리다. 현란한 군무는 시공을 넘고 내 사유는 허공에서 길을 잃는다. 먼 후일 함박눈으로, 어느 날 한여름 소나기로 돌아올까.

아이들이 언덕에서 썰매에 얹혀 화살처럼 내달린다. 즐거움에 겨워 들뜬 꽁무니에 휘모리장단으로 난무하는 흰 꽃잎. 아이들의 해맑은 웃음소리가 꽃잎처럼 눈 속으로 흩날린다.

아잇적 나도 저랬을 거야. 내 마음도 따라 달린다.

군무群舞·2

바다와 마주 앉아 눈으로 그림을 그린다. 하늘과 바다 서로 품은 수평선엔, 거대한 상선 한 척 네모 창 속을 느릿느릿 빠져나간다.

포구에 매인 채 무료한 어선은 너울에 업혀 혼자 깔딱깔딱 춤을 춘다. 풍어를 꿈꾸는 목선은 먼바다가 그립다. 남루한 깃발은 성가시게 불어대는 갯바람에 무심한데, 파도는 뱃전을 때리며 어서 가자 칭얼거린다.

봄이 오는 비취색 물결 위에 졸음 겨운 갈매기 떼. 무료했나. 한 마리 두 마리 자맥질하다 일사불란하게 비상한다. 허공에서 날갯짓으로 펼치는 춤사위. 그들의 군무는 잘 훈련된 병사 같다.

양지바른 회상의 숲에 사금파리로 반짝이는 기억이 물결 위에 남실댄다. 햇살이 구슬리는 숱한 물비늘 눈가에 매달리고, 얄브스름한 해무 물 위에 눕는다.

내 사유는 그림 속으로 잦아든다.

허기

나목의 갈색 숲 잔설 위를 걷는다. 사각사각 사과 씹는 소리처럼 상큼하다. 짧은 겨울 햇살 한 자락 상수리나무 우듬지에 걸렸다. 비끼는 노을에 발그레 얼굴 붉히는 청미래 열매 한 알. 대롱대롱 빈 가지에서 빙그르르 어지럼 탄다.

까만 연미복의 귀족 까마귀는 춥고 배고픈가. 울음소리 헛헛하다. 나누어 줄 아무것도 없는데 그의 시선이 줄곧 나를 따른다.

겨울철은 나도 허기진다. 찬바람 든 것처럼 영혼의 곳간이 휑뎅그렁하다. 글 바구니 가득 채워야 성이 차고 냉장고는 물론 쌀독은 그득해야 든든하다.

가슴은 비어도 속은 따뜻해야지. 하산 길에 쌀 한 포대 샀다. 독에 쌀 쏟아지는 소리가 내 영혼의 허기를 채운다.

한 톨의 쌀

손가락 사이로 흘러내린 쌀을 얼른 주워 담았다. 밥풀 한 알도 함부로 버릴 수 없어 솥 가장자리에 붙은 것도 긁어먹곤 한다.

한낮 벼 포기 사이를 가르던 미꾸라지 몇 마리. 느릿느릿 굼뜨게 기어가던 우렁이 흔적. 노랑어리연꽃. 물 위에 동동 뜬 개구리밥. 그들이 거들어 준 농사다. 비바람, 천둥과 번개, 하늘에서 내린 햇볕으로 여문 조그마한 우주가 나를 키웠을 것이다. 다랑논에서 거둔 쌀은 맨밥으로 먹어도 고소하고 달착지근했다.

쌀 포대를 보면 짚으로 엮은 옛 쌀가마니가 떠오른다. 우물에서 퍼 올리던 두레박 속 샘물은 얼마나 시원했던가. 가마솥에선 쌀밥이 끓어 김이 모락모락 올랐었다. 아궁이에선 "탁! 탁! 타다닥!" 불꽃이 일며 나뭇가지 터지던 소리 아련하다.

여기는 네 것이고 저기는 동생 몫이니라. 할아버지 손에 이끌려 논두렁을 걷노라면, 푸른 파도로 남실거리던 논 앞에 어린 가슴도 벅차올랐다.

쌀알에 밴 노역을 생각하면 한 톨도 귀하다.

대숲에 들다

검푸른 밤하늘이 호수처럼 깊다. 보름달이 크고 둥그런 달집을 지었다. 풍경은 창백한 달빛으로 흠뻑 젖었다. 겹겹이 포개 얹은 아슴푸레한 산 능선은 붓이 흘린 한 폭의 수묵화다.

달빛 품은 대숲에 든다. 온몸에 힘을 내리고 가슴을 열어 내 안에 만월로 충만하기를 소망한다. 숲 사이로 부챗살처럼 쏟아지는 달빛의 향연. 발등을 덮는 댓잎 부서지는 소리도 달빛이다.

이 순간은 일상의 쉼표요, 영혼의 휴식이다. 잠시 주변의 생각을 미뤄둔다. 육체와 정신을 이완시켜 밤의 숨소리에 귀를 기울인다. 숲이 일렁이는 짙고 엷은 음영 따라 바람으로 흔들린다. 댓잎끼리 살을 비비는 속살거림, 풀벌레들의 청아한 울음소리, 고즈넉한 평화에 스르르 눈이 감긴다. 대숲이 어우러져 빚어내는 아름다운 군무. 달빛 닮은 흥거운 춤사위가 잔칫집처럼 흥겹다.

곁눈질하지 않고 오직 하늘을 향해 치솟아 오르는 꼿꼿함은 네 자존일 테다. 그 갈망의 끝은 어디쯤인지. 욕심 없어 속이 비었나.

꿈을 채우기 위한 여백인가. 옛 선비들이 화선지에 담았던 도도한 절개는 향기조차 서늘하다.

세월이 무거워 내 등은 점점 굽어 간다. 네 꼿꼿하고 굽히지 않은 의지가 한껏 우러러 뵌다.

너를 닮고 싶다.

동부콩 형제들

　엄지손톱으로 콩 껍질을 반으로 가르면 알갱이가 톡톡 튀어나온다. 강보에 싸인 신생아 같이 미끈거리는 얇은 흰 속껍질 속에 안겼다. 귀한 보석 못지않게 예쁘다. 덜 여문 알에선 몸 푼 산모의 비릿한 냄새가 난다.

　평안한 세월만은 아니었겠지. 싹을 틔우기도 전에 타들어 가는 갈증과, 햇볕 한 자락 볼 수 없던 지긋지긋한 장마도 겪었으리라. 겨우 노란 꽃 피워 볼 즈음 하늘을 찢는 천둥소리에 여린 꽃이 혼절해 맥없이 떨어진 일도 있었을 테고. 태풍으로 뿌리째 뽑힐 뻔한 절체절명의 순간, 줄기가 부러졌을지언정 혼신을 기울여 뿌리를 부여잡았던 안간힘은 오늘을 보기 위함이었을 게다.

　애면글면 키워 꼬투리 주렁주렁 열려 하루 다르게 커 갈 때는, 고달픔보다 보람이 더 컸을 것이다. 해 바라기로 다투어 키재기를 하며 물 길어 올리느라 고단하고 숨찬 나날을 보냈을 거고. 벌과 나비에게 눈 맞추려 달착지근 향도 아끼지 않고 바람에 주었겠지.

한 포기에 주렁주렁 매달린 형제들. 잘 키운 꼬투리 볼록볼록하네. 더할 것도 덜할 것 없이 가지런히 배열해 하얀 씨눈 한 점 귀해 보이는구나. 까만 윤기 자르르 열댓 알을 오롯이 품었으니 부러움 살 만하겠다. 혹 곁에서 시샘 받았을지도 몰라.

욕심부린 꼬투리 힘에 부쳤나. 잔뜩 품은 알들이 여물지 못해 더러 쭉정이가 됐으니. 고르게 키우지 못한 속내를 알 리 없지만, 자식 일은 욕심으로 되는 게 아니더라. 소신 있게 키운다 해도 쉽지는 않았을 거야. 그만하면 그럭저럭 숨 돌리며 한세상 사는 거지 뭐.

애써 키운 것들이 어쩌다 병이 깊었네. 아예 벌레가 옹그리고 들앉아 집을 지었구나. 맘껏 파먹어 배 볼록한데 모래알 같은 똥까지. 결실을 앞두고 대견하게 키운 자손들이 허무하게 무너져 내린 시름이 깊었겠지. 삶이란 그런가 봐. 예기치 않게 찾아오는 아픔, 아파하며 눈물 훔치다 더러 잊고 웃기도 하며 가는 길이 삶이라 하더라.

노르스름하게 잘 익은 꼬투리. 잘 여문 알갱이들이 배배 틀어진 꼬투리 속에서 달그락달그락 꼬물거리네. 곧 톡톡 튀어나와 제 갈 길 가려 숨을 고르고 있나 봐.

그들, 세상 밖으로의 첫걸음을 축복할게.

안개 속에 갇히다

봄 안개 자욱하게 피어오르는 새벽이다. 겹겹이 포개 얹은 산세가 파르스름하다. 멀고 가까운 여명 속 산 능선은 안개가 그린 한폭의 명화다. 언뜻 보이다 숨고, 풍경이 숨바꼭질한다. 한낮의 색은저마다 찬연하게 드러내길 다투는데 새벽빛은 단조하다.

하늘을 향해 곧게 올라가는 메타세쿼이아 한 그루 풍경 속에 우뚝 섰다. 안개가 비단 자락으로 허리를 감아 돈다. 쌀쌀한 새벽 공기에 파르르 떨고 있는 느티나무 잔가지는 섬세한 실핏줄이다. 날이 밝으면 시린 땅속에서 움츠렸던 뿌리를 내리고 숨 가쁘게 물을 길어 올리겠지. 산고를 겪는 하늘은 엷은 새털구름이 분홍빛으로물들이고 있다. 해가 메타세쿼이아 우듬지의 까치집에 먼저 걸리겠구나.

감동으로 숨 막힐 것 같은 풍경 앞이다. 그림을 그릴 수 없으나글로 옮기고 싶은 순간이 있다. 지금 그렇다. 하릴없이 유리창에 손가락이 산 능선을 따라간다.

가슴은 벅차오르는데 한 줄의 글도 써지질 않는다. 흰 종이와 볼펜을 만지작거릴 뿐이다. 가슴 깊은 우물에 물이 고이기를, 그리하여 감성의 두레박으로 쉼 없이 글을 퍼 올리고 싶다. 오른팔로 턱을 괴고 바라만 보다 안개 속에 긴 항해를 꿈꾸며 닻을 올린다.

가끔 상상의 미로에 갇혀 침몰할 때가 있다. 입에 문 초콜릿처럼 야금야금 단맛을 음미하며 아예 현실을 덮는다. 채 자라지 못한 어린아이인 내가 홀로 오도카니 먼 곳으로 시선을 두고 있다.

빈손으로 그 순간에 빠지는 것은 단순해지고 싶은 현실도피가 아닐까. 감미롭다, 따뜻해 행복하고. 위로받고 싶거나 마음이 혼란스러워 멀리 도망가고 싶을 때 나만의 도피처다. 혼돈에서 화들짝 놀라 깨어났을 때의 그 허무함을 무엇에 비유할까.

눅눅한 우윳빛 안개를 가르며 자박자박 걸어오는 새벽 발걸음 소리. 오늘은 그 소리에 귀 기울이는 것도 좋겠다. 설익은 해가 저 새털구름 사이로 얼레빗 같은 햇살로 펼쳐 내리길 기다리며.

잊히는 것들

　풀 자루를 조물조물 치대자 풀물이 뽀얗고 걸쭉하게 됐다. 올이 고운 누빈 삼베 요 깔개와 모시 홑청 이불에 쌀풀을 먹여 햇볕에 널었다. 꾸덕꾸덕 마를 즈음 네 귀퉁이 반듯하게 잡아당겨 개었다. 보자기에 싸 발로 오랫동안 밟아 여름 이부자리 손질을 마무리했다.

　열대야에는 에어컨 바람으로도 잠을 이룰 수 없었다. 생각다 못해 한동안 장롱 속에 잠자던 삼베 깔개와 모시 홑이불을 꺼냈다. 부드러운 질감의 이부자리가 살갗에 달라붙는 게 성가셨다. 어릴 때부터 익숙한 잠자리로 얼마 전까지 고집스럽게 하던 일을 힘에 부쳐 손을 놨었다.

　가슬가슬한 깔개 위에 몸을 뉘고 바람이 솔솔 내통하는 모시 홑이불을 덮었다. 쪽문을 활짝 열어 한여름 잠자리였던 고향 대청마루가 눈에 선하다. 땀으로 근질거리던 등이 개운해 절로 눈이 감겼다.

　요즈음은 옷감이 수시로 유행을 타며 품질이 고급화되었다. 세탁하기도 편리해 바쁘게 사는 현대인들에겐 그만이다. 천연섬유인

모시와 삼베, 명주나 무명은 손질이 번거롭고 까다롭다. 그러나 그 가치는 변함없고 유행을 타질 않는 우리 민족의 정서가 깊게 배어 있는 것들이다. 요즈음 젊은 주부들에겐 사뭇 낯선 일이다. 단지 손이 많이 가 번거롭다는 이유로, 옛 여인들의 손에서 빚어지던 고유의 생활 풍속이 대부분 잊힌 지 오래다.

결혼 예단으로 여러 채를 마련한 이부자리를, 몇 번을 망설이다 집수리한다는 핑계로 정리했다. 그중에 차마 버릴 수 없어 이불 한 채만 남겨 두었다. 맏손녀를 위해 할머니께서 손수 목화를 심고 거두었다. 밤이면 씨아를 돌리고 솜을 태워 마련해 주신 이불이다. 연분홍 양단에 초록 깃을 달고 광목으로 홑청을 씌워 신혼 이불로 꾸며 주셨던, 소중한 유품으로 간직하고 있던 이불이다. 겨울이라 살림이 서투를 텐데, 이불이라도 두툼해야 덜 추울 거라던 말씀이 눈을 줄 때마다 떠오르곤 한다.

오랫동안 눌려있던 무거운 이불을 솜을 타 새로 꾸몄다. 겉감도 손질하기 편하게끔 꾸몄다. 가볍고 보온성이 좋은 이불이 있지만, 가끔 겨울에 솜이불을 꺼내 덮는다. 두툼하고 묵중한 눌림이 포근하고 안정감을 준다. 몸살기가 있거나 깊이 잠들지 못해 뒤척이는 밤에 그만이다. 콩물들인 장판 틈으로 번지던 매캐한 연기와 뻣뻣한 홑청에서 풍기던 쌉싸래한 쌀풀 냄새, 할머니의 손길이 그리워지곤 한다.

종종 예전 생활방식을 고집할 때가 있다. 그건 지난날을 잊고 싶지 않은 나만의 방법이다. 길쌈을 많이 하던 동네다. 언덕배기 잔디밭에 필로 길게 풀어 바래던 광목, 흰색과 초록의 대비는 눈부셨다. 양잿물에 삶고 햇볕에 바래기를 여름내 이어지던 일은 여간 공이 드는 일이 아니다.

마지막으로 풀을 먹여 홍두깨에 말아 다듬이질로 마무리를 했다. 밤마다 품앗이로 장단을 맞추던 경쾌한 리듬의 다듬이질은, 때가 잘 타지 않게 하는 지혜로운 작업이다. 어쩌면 삶이 고단한 여인들에겐 수다를 떨며 속풀이도 되었으리라.

해가 좋은 날은 솜이불을 내어 넌다. 바람과 해를 품어 보송보송하게 부풀어 올랐다. 나이 들면서 불편하던 것조차 그립다. 소소한 것이라도 사라지는 것은 되돌리기 쉽지 않다. 우리의 소중한 풍속이 영영 잊힐 것 같아 아쉬움이 크다.

빨리 어른이 되고 싶은 아이들

아이들이 흉내를 낸다. 아직 정신적으로 미숙한데 어른이 되고 싶어 안달이다. 염려의 시선으로 바라보는 어른들은 지켜볼 뿐, 속으로 혀를 차고 만다. 걸핏하면 인권침해를 들먹이는 시절이라 누구도 내놓고 말을 못 하는가 보다.

요즘 청소년들의 따라 하기 행동을 보면, 모방심리에 공감하면서도 염려스러운 마음이 교차한다. 노파심일까. 섣불리 말하면 간섭이 될 수 있고, 세상을 보는 시야가 어두운 건 아닌가 하는 자격지심 때문이다.

중고생 소녀들이 예사롭지 않다. 여럿이 어울려 재잘대는데 민낯의 여학생을 만나긴 드물다. 뽀얀 피부에 바른 색조화장이 겉돈다. 긴 머리 풀어 웨이브를 넣고 입술을 붉게 칠한 모습에 입이 벌어진다. 서투른 화장으로 행여 순수한 자연스러움에 누가 되지 않을지. 학생은 교복과 어울리는 차림이 있게 마련이다.

또래 분위기에 함께 어울리지 않으면, 자칫 외톨이가 될까 불안한 심정도 있을 수 있다. 경쟁하듯 모방심리가 유행병에 부채질이다. 공부에 치여 잠자는 시간이 부족하고, 아침밥을 굶으면서까지 꾸미고 나가는 아이를 부모들은 걱정한다. 학비며 용돈에 화장품까지. 학부모의 짐이 더 무겁게 느껴진다.

일종의 성장통일 수 있다. 목까지 차오르는 왕성한 에너지가 출구를 찾지 못해 방황하고, 이해 못 하는 기성세대가 답답하다고 말한다. 숨 쉴 출구가 절실한 그들에게 어른의 잣대는 잔소리로 들릴 수 있을 것이다. 어른도 어린이도 아닌 어정쩡한 모습. 스트레스를 풀 출구가 필요한 시기다. 격려와 이해가 필요하다는 걸 알면서도 머릿속이 혼란스럽다. 개중에 자신의 미래에 대해 진지하게 고민하는 청소년을 보면, 밝은 내일을 보는 것 같아 든든하고 흐뭇하다.

불안정하게 휘청거리는 청소년들 곁에서, 바람막이 노릇이라도 해주고 싶은 마음은 누구나 갖고 있을 게다. 어쩌면 물질적 풍요 속 소통의 부재, 정서적으로 불안정한 결핍 시대를 사는 우리 모두의 자화상이 아니겠는가. 흔들리고 불안한 게 어디 아이들뿐이랴. 어른들도 허둥대며 동동거리는 세상이다. 미처 살펴 주지 못하는 관심 밖 틈일 수 있다.

여자들만의 특권처럼 누려 온 게 화장이다. 성인 여자의 민얼굴은 타인이나 자신에게 예의가 아니라 여겼다. 남에게 보이기 싫은 곳이나 흠이 있는 부분을 색조로 가려 위안으로 삼고자 필요했다. 화장은 개인의 개성과 표현의 욕구다. 때에 따라선 겉치레가 격을 높여 주기도 한다. 세련된 화장 전후는 손과 눈썰미가 만들어 내는 재주로 예술적인 면으로 평가할 만하다. 잘 꾸민 모습은 곧 자신감으로 이어지는 긍정적인 면도 있다.

이제는 남성까지 가세해 화장에 공을 들인다. 보호 본능을 일으킬 만큼 어지간히 여성화된 모습에 성의 정체성이 흔들린다. 남성미 넘치는 덥수룩하고 까칠한 매력을 찾기 어렵다. 이런 세태에 소녀들의 따라하기를 거론한다는 게 답답한 일로 보일 수 있겠다.

동서고금을 막론하고 세대의 갈등은 늘 있는 일이다. 이해와 편견, 수용과 갈등, 배타적인 소용돌이 속에서 변화를 낳았다. 한 시대의 풍속이 문화로 이어졌고 대중적인 유행이 예술로 발전하는 밑거름 역할을 했다.

소녀의 해맑은 민낯은 한 송이 꽃이다. 순간순간이 다시 돌아갈 수 없는 시절이다. 풋향기 폴폴 흘리는, 싱그러운 에너지가 충만한 때에 덧칠이라니. 앞으로 어른 노릇 하며 살려면 숨 가쁜 일들이 적지 않을 텐데.

서두르지 마라. 너희들은 그 순간만으로도 아름답고 빛나는 시절이니까.

작은 것에서 기쁨을

여름은 고단하지만 성스러운 계절이다. 꽃과 유실수는 쉼 없이 물을 길어 올리며, 해 바라기로 꽃을 피우고 열매를 키워내는 숨찬 나날이 이어진다.

꽃은 이름만으로도 감동이다. 머뭇거리지 않고 금방 다가갈 수 있는 게 꽃만이 갖는 친밀감이다. 낯선 거리를 걷다 도로변에 놓인 화분은 금세 서먹한 기분을 풀어준다. 제라늄이며 피튜니아, 한련화가 삭막한 도시를 환하게 밝힌다. 저마다 개성을 지닌 것들이 화분 속에서 옹기종기 조화를 이루며 지나는 이의 눈길을 붙든다. 소소한 것들이 가슴이 팍팍한 도시인들에게 여유와 웃음을 선사한다. 경직된 감정을 느긋하게 풀어주는 가교 구실도 해준다. 곁의 가게 주인이 목말라 하는 꽃에 물을 주는 모습이 흐뭇하다. 한낮 폭염 속 배려가 내 갈증을 풀어준 것처럼 시원하다.

아파트 마당으로 나서면 매일 새로운 풍경을 만나는 게 즐겁다. 화단에 꽃씨를 뿌려 틈틈이 가꾸는 조용한 손길이 있다. 한 사람의 보이지 않는 봉사가 주민들에겐 큰 선물이 된다. 더위에 지친 꽃에 소나기처럼 물을 뿌리는 경비실 아저씨. 풀을 뽑아 주는 청소부 아주머니의 수고가 봄부터 가을까지 이웃을 기쁘게 한다.

우리는 일상에 많은 것을 아무런 감흥도 없이 흘려보낸다. 새벽 풀잎에 맺힌 이슬에 발등 적시며 걷는 상쾌함, 저녁노을을 안고 한풀 꺾인 열기 속에 집으로 돌아올 때의 뿌듯한 충만감, 땀을 씻고 시원한 돗자리 위에서 뒹굴며 보내는 휴식은 달콤하다. 때로는 좋은 친구와 도란도란 또는 홀로 한두 시간 산책을 즐기는 여유도 좋다. 시원한 막걸리 한 잔에 목을 축이거나, 사랑하는 가족과 삼겹살을 구워 상추쌈에 볼이 미어지도록 씹는 맛, 여름이라서 더 재미있는 것들로 일상의 소박한 행복이다.

나이 들어가며 행복하다는 것은 별것 아니라는 생각이 들곤 한다. 작은 것도 소중히 여기는 마음이 빚는 감정이다. 형체가 없으니 눈에 보이지는 않지만 거창한 것도 아니다. 늘 곁에 있어 잡을 수 있는데 무심해 지나칠 따름이다. 타인을 바라보며 비교하는 시선에서 행복을 찾기보다 바로 내 마음속을 들여다보면 된다. 높은 것만 우러르다 정작 발밑의 보석을 보지 못할 뿐, 얼마든지 내가 만들어갈 수 있는 것들이다.

일상에서 늘 안고 사는 게 스트레스다. 잘 다스리면 자신을 성숙한 단계로 발전할 기회가 될 수 있다. 일종의 자극제로 내면을 깊이 들여다볼 수 있는 계기다. 그쯤 몸과 마음의 휴식이 필요한 성찰의 순간이다.

　연일 더위로 숨 가쁘다. 더 나은 삶을 위해 여행을 가거나 더위를 피해 서둘러 집을 떠난다. 복잡하고 머리 아픈 일상에서 벗어나고자 나선길이다. 돌아올 때는 맑은 영혼으로 가벼이 돌아와야 일상을 즐겁게 이어갈 수 있다. 가방도 헐렁하게 채우고 마음의 짐도 가볍게 떠날수록 좋다. 멀리 떠날 게 아니라면 가까운 곳에서도 휴식을 취할 곳은 많다. 휴가란 고단한 심신을 쉬게 하는 게 목적이 아닌가. 남들 따라하기보다 내가 진정 원하는 휴식은 무엇인가를 찾는 게 중요하다.

　요즈음 소확행에 대한 관심이 높다. 일상에서 일어나는 작지만 확실한 행복을 추구하는 삶에 공감하는 사람이 늘고 있다. 큰 것에서 작은 기쁨을 얻기보다, 작은 것에서 큰 기쁨을 누리는 여름나기는 어떨까.

아장아장 오는 봄

겨울 산 능선이 회색빛으로 단조하다. 문 닫고 무심했던 사이 애기동백꽃 다투어 피었다. 동그랗게 단장한 나무가 그대로 붉은 꽃 방망이다. 칙칙한 겨울빛을 밀어내며 마음의 한기를 거두어 간다.

웃자란 잔디가 쓸리듯 옆으로 누웠다. 누렇게 시든 잎 허리엔 아직 초록빛이 남았다. 돌담 귀퉁이 수국은 마른 꽃과 잎을 마저 내려놓지 못했다. 허옇게 바랜 헛꽃이 배배 틀어져 후줄근하다. 정교한 거미줄 같은 잎맥 사이로 찬바람이 성가시게 들락거려도 무심하다.

조락의 뜰에는 서리 맞은 연보라 국화꽃이 초라한데 향기는 여전하다. 주름이 늘어도 향기로운 여자로 살고 싶은 내 소망 같다. 며칠 전 베란다 오지항아리에 꽂은 노란 꽃 몇 송이와 식탁 위 유리컵 속 자주색 국화는 여전하다. 옛날 시골집 울타리 밑에 하얗게 무서리를 이고 피었던 흰 국화꽃이 떠오른다. 해 들면 고개 발딱 치켜들고 자존을 세우던 자태, 그 시절 나의 자존감도 그러했을까.

물기 머금은 단풍잎을 자박자박 밟으며 걷는다. 걸음마다 붉은 꽃으로 피어날 것 같은, 겨울 한낮이 참으로 고즈넉해 한가롭다. 늘 가까이 있던 것, 떠난 것이 생각나는 순간이다. 푸른 이파리가 가슴 뛰는 청춘이었다면 현란한 단풍은 지고지순한 열정인 것을. 구실 잣밤나무는 원 없이 열매를 달았다. 잘 여문 열매들이 즐비하게 떨어진다. 튼실한 것 틈에 못난이 무녀리도 귀하다. 작다고 하찮게 볼 게 아니다. 원대한 우주를 품고 있을지 누가 알랴. 찬 물방울이 정수리에 떨어진다. 나른하게 늘어진 정신에 죽비를 치듯 깨어나라 한다.

　시멘트 축대를 줄기차게 기어오르던 담쟁이가 뒤늦게 숨을 고른다. 때를 놓치고 잎마다 붉으락푸르락 물들기에 혼신을 기울인다. 여름내 화덕같이 달아오른 담을 의지해 홀로 사랑을 키운 노역이 가없이 어여쁘다. 내겐 담쟁이처럼 수줍게 얼굴 붉힐 일도 가슴 설렐 기다림도 없다. 빛이 사위어간다는 건 가슴 시리지만, 주어진 몫을 그런대로 마무리했으니 이만하면 된 일이다. 불꽃처럼 뜨겁게 타오르던 그런 열정이 그리운 날, 여윈 가슴에 물기 어린다. 무엇이라도 좋다. 따뜻한 손 잡아 메마른 뜰에 꽃 피울 심금을 울리는 영혼을 품고 싶다.

　늦추위 한 자락을 붙들고 아장아장 봄이 온다. 양지바른 밭둑에서 양지꽃, 까치꽃, 제비꽃을 기다리는 것은 가슴 뛰는 설렘이다. 깊은 잠에서 깨어나 봄 준비로 분주한 나날을 보내고 있으리라. 홍매는 붉은 꽃망울을 몽글몽글 부풀리더니 두어 송이 수줍게 웃는다. 곁의 목련은 솜털 보송보송한 아린으로 우윳빛 꽃을 소중하게 안고 있다. 자연의 오묘한 질서는 어김이 없다.

봄이 온다고 노상 같은 봄이 아니듯 오늘이 내일이 될 수 없다. 봄은 사계절의 첫 주자다. 새로운 시작을 의미하며 새 뜻을 펼친다. 농사일을 서둘러야 하고 신학기를 맞아 풋풋한 새내기들이 첫걸음을 뗀다.

왁자지껄 어울려 지나가는 소녀들의 웃음소리가 풀잎처럼 싱그럽다. 중학교에 입학하는 내 손녀처럼 인생의 봄 같은 아이들이 사랑스럽다. 지금의 가슴 뛰는 순간을 늘 기억한다면, 자신의 시간을 소중히 거두게 될 것이다. 뽀얀 얼굴에 열꽃이 피고 꿈도 벙긋 부풀어 오르겠지. 생각만 해도 가슴이 벅차다. 시작이 절반이다. 완주에 연연하지 않는 첫걸음을 떼고 싶다.

작품 평설

김길웅
(수필가·시인·문학평론가)

서라벌 여인이 길쌈하듯
내공으로 결 고운 수필을 자아내다

수필집《그 바다의 아침》을 조명해 본 박영희의 작품 세계

김길웅 (수필가·시인·문학평론가)

1_들머리

신라 유리왕 때, 나라 안의 여인을 두 패로 나눠 한 달 동안 밤늦게 길쌈을 하도록 해, 한 달 뒤 그 공의 다소를 따져, 진 쪽이 음식을 차려 이긴 편과 함께 노래와 춤을 즐겼다. 이때 진 편의 한 여인이 '회소, 회소'라 탄식했는데, 음조가 사뭇 애절해 '회소곡'이라 했다 한다.

신라 여인들의 길쌈은 일상이라 손끝이 멍들었을 것이다. 박영희 수필가(이하 박영희)의 원고를 받고 뒤척이다, 아파트 숲으로 내리는데. 앞으로 에메랄드 하늘이 내렸다. 상상이 나래 치며 눈 시린 서라벌 하늘로 상승하더니, 이내 하강했다.

길쌈의 요체는 고치에서 실을 뽑고 감는 실잣기다. 왼손 엄지·검지에 침 묻혀 비벼 꼬며 실 끝을 물레에 감고, 오른손이 바깥쪽으로 돌리면 면모綿毛와 맞물려 실이 감긴다. 웬만한 공력으론 어림없는 데다 까딱하다 헝클어져 한 치의 실수도 용납되지 않는다.

어느새 내 연상은 길쌈의 실잣기와 수필을 등가等價의 자리에 놓으면서, 박영희의 수필을 길쌈의 실잣기에 포개고 있었다. 빼닮았다. 곧바로 글에 제목을 달아 '서라벌 여인이 길쌈하듯 내공으로 결고운 수필을 자아내다'라 했다.

박영희의 수필은 막 익어 수확이 목전인 벼 같다. 인간 소재의 선명한 주제 의식과 정교하고 섬세한 개성적 문체, 정제된 수사와 언어조직의 밀도에서 수월성을 확보하고 있다는 의미다. 그의 문학이 공감으로 독자를 끌어들이는 탁월한 역량을 발휘하고 있다는 믿음에서 하는 말이다.

비근한 예로 「제주일보」 '사노라면'에 실리는 칼럼을 간과할 수 없다. 신문글의 범주를 벗어나 이미 문학에 접근하고 있다. 칼럼과 수필의 접목으로 자신의 독자적 영지를 확보하고 있다는 뜻이다.

사실, 박영희만큼 수필의 정도를 걷는 작가도 드물다. 동인 활동에서 느껴 온 바지만, 수필에 대한 집념이 매우 강하다. 작품의 완성을 위해 언어 구사는 물론 토씨 하나 소홀함이 없다. 퇴고에 들이는 공력이야 말할 것이 없을 게 아닌가. 칠순 너머로 축적된 경륜이 작품 속에 그윽한 향기로 배어 있다. 은은하되 짙고 맵싸한 향이다.

코로나19라는 미증유의 역병으로 얼크러졌던 우리의 일상이 이전으로 빠르게 회귀한다. 이제, 잠시 접어두었던 박영희 작가의 수필 속을 거닐어야겠다. 그늘이 짙고 깊어 서늘하니 발길이 가벼울 것이다.

2_들어오며

① 멀리 바다가 보이고 한라산을 등지고 선 청중 없는 독무대. 허공에 쏟아내는 속내를 내 모르는 건 아닌지. 바람이 되었다가 구름에 실려 풍덩 빠진 한 마리 새 같은 모습이 애틋해 하릴없이 그냥 가슴만 시리다. (중략)

당신이 성악을 전공해 오페라 무대의 주인공이 됐더라면 성공했을 거라는 말을 하면, 한 번도 생각해 보지 못했다며 지난 세월이 아쉬운 듯 여운이 스친다. 내 안에 눈 돌릴 사이 없이 무관하게 쌓인 회한이 이제야 눈 뜬 걸까.

넌지시 말을 건넸다. 부지런히 연습해 나를 위해 한 곡 불러 달라고. 무대가 없어도 좋다. 아내는 홀로 청중이 되고 남편은 공연가가 되는 일, 그리한다면 특별한 공연이 되지 않을까 하고.

-〈홀로 청중이 되다〉부분

② 남편이 외출한 후, 음악을 들으며 느적거리는 시간이 호젓하다. 혼자 먹자고 차리기도 귀찮아 점심은 대충 때우기로 했다. 별생각 없이 우걱우걱 숟가락질하다 울컥 목이 메었다. 국물도 없이 남은 밥에 김과 김치가 전부다. 차림도 후줄근한데 먹는 게 더 초라한 내 모습에 정신이 번쩍 들어 수저를 놓았다. (중략)

옛날처럼 자식들에게 수발을 받기는 요원한 세상이다. 평생 내 손으로 치다꺼리하다 가야 한다. 결국, 마주 앉아 함께 밥을 먹는 상대도 부부뿐이다. 아직은 자식보다 여위어 가는 남편의 등이 더 따뜻하고 편하다. 뜨거운 열정보다 서로 안쓰럽고 측은하게 여기며 사는 게 저물어 가는 부부의 애틋한 정이다.

-〈홀로 식탁에서〉 부분

①에서는, 부부 동반 모임의 여흥 시간이면 으레 불려 나가, 재청으로 여자들 환호에 쑥스러워질 만큼 남편은 노래를 잘한다고 했다. 그냥 부르는 노래가 아니라 듣는 이의 영혼을 흔들어 놓는다며 은근슬쩍(?) 치켜세운다. 화자의 속셈을 누가 알랴. 가만 보건대, 혹여 내심 몇 할은 남편에 대한 애정을 드러내려 한 속내일지도 모른다. 급기야 무대가 없어도 되고 홀로 청중이 될 테니, 오직 자기만을 위해 한 곡 불러 달라 털어놓기에 이른다. 부부 사이에 내밀한 밀어를 속삭이는 것 같아 귀 솔깃하다.

②에서는, 홀로 밥을 먹다 수저를 놓았다며 푸념이다. 혼밥하는

사람들도 적지 않다지만, 제멋에 사는 세상이라 그건 개인의 취향 이상이 아니란 생각을 한다. 문정희 시인은 부부를 일컬어 평생을 두고 밥을 가장 많이 먹는 사이라고 했다. 인생에 부부의 인연처럼 소중한 가치가 어디 있으랴. 부부는 영원한 운명의 동반자다. 혼인이 해로동혈로 이어져야 하는 사이로, 다른 개체가 만나 안팎이 되면서 종내 완전체를 이뤘으니 '내외' 아닌가.

박영희는 저간의 심회를 '저물어 가는 부부의 애틋한 정'이라 함축한다. 평생 살아온 금실 좋은 부부의 그 다사로운 정리, 이 글이 오롯이 그런 감정의 자연스러운 발로로 다가온다.

    어릴 적부터 편식이 심했다. 떡보라고 불릴 만큼 그나마 먹는 게 떡이었다. 곳간 열쇠를 쥔 할머니께서는 입이 궁하거나 식구 생일이 돌아오면 떡을 해주었다. 콩고물이나 팥고물을 입힌 인절미를 조그마한 개다리소반에 가지런히 가득 담았다. 먼저 안방 성주님과 조상님께 올리고, 식구들과 둘러앉아 시원한 동치미 국물과 곁들인 맛은 별미였다. 어느 때는 인절미에 물려 다른 떡이 먹고 싶었지만, 어렸으나 쌀이 귀한 때라는 것을 어렴풋이 알고 있었다. (중략)

    밥알이 반인 인절미는 씹는 맛이 있어 고소함이 더했다. 떡이 약간 굳어 있을 때 찹쌀 특유의 쌉싸래한 게 씹을수록 달착지근한 맛으로 변한다. 부엌 살강 위 삼베 보자기로 덮은 대나무 떡

동구리는 내가 자란 힘의 원천이었다. (중략)

요즈음 음식은 본래의 맛을 잃어가고 있다. 퓨전이라는 이름으로 현대인의 입맛에 맞추는 시대다. 떡이라고 예외는 아니다. 옛날은 재료 자체의 순수한 맛이라면, 지금은 빚는 이의 생각을 첨가해 다양한 재료를 넣어 만든다. 전통도 흐름을 따라 어울려야 이어갈 수 있고, 옛 맛만 고집할 수는 없다.

-〈떡보는 무엇이 되었는지〉 중에서

시대의 급물살은 의식주에 놀랄 만한 변화를 불러왔다. 식문화 또한 예와 딴판이다. 삼시 세끼도 허기져 허리띠 졸라매던 노년층은 어리둥절할 것이다. 요즘은 빠르고 쉽고 맛있는 패스트 푸드가 부동의 대세를 이룬다. MZ세대들이 피자나 햄버거나 프라이드 치킨 따위의 맛깔을 선호하면서, 하늘로 섬기던 밥이 주식의 자리를 내놓고 있다. 눈앞에서 완성되는 고열량 식품들로, 다량의 탄수화물과 지방에 달고 짠 것이 첨가되는 음식이 판치는 바람에 떡도 밥과 함께 눈에 난 지 오래다.

어릴 적에 인절미를 무척 좋아했던 '떡보' 박영희는 옛것이 시대의 뒷전으로 밀려 버린 음식문화의 현실을 몹시 안타까워한다. 소싯적 떡에 얽힌 집안 어른들과의 추억이 있어 더욱 가슴 아리다. 그렇다고 옛 맛을 고집해 시대를 거슬러 살 수도 없다. 그 서운함을 끝 문장에 잘 집약하고 있다.

"떡보는 지금 무엇이 되어있는지, 인절미 앞에서 목이 멘다."

시대의 뒤꼍으로 잠시 가라앉았던 의식이 고개를 쳐들면서, 울컥 너울로 일렁였을 법하다.

서둘러 숙소를 나선다. 눅눅한 갯바람으로 목덜미에 솜털이 곧추선다. 해무가 얄브스름하게 수면 위로 내려앉은 새벽, 아직 바다는 깨어나지 못한다. 밤새 어선들이 은밀한 속살을 헤집어 놓았다. 품에서 키운 것들을 떠나보내려 고단했던 바다도 신열로 열꽃을 피웠을까. 밤을 밝혔던 어선들이 포구로 돌아가고, 몸살을 앓는 그도 혼곤한 늦잠에 빠졌는가. 숨죽여 잠잠하다. (중략)

멀리 포구에선 부지런한 어선 한 척이 하얗게 물살을 가른다. 몸 가벼운 숭어 새끼 한 마리가 허연 배를 드러내며 폴짝폴짝 뛰어오른다. 내 고단했던 깔깔한 눈꺼풀이 환하게 열린다. 그의 자그마한 몸짓이 잔물결로 일렁이며 안개 걷히듯 팔팔한 생명력으로 파동친다. 언덕에서 초여름 연록의 풍경이 수런수런 말을 걸어온다.

주춤주춤 노 저어 가지 못하던 내 안의 바다. 격랑의 물결에 숨 고르며 다독이던 시간이었다. 다시 멎었던 시침을 돌려놓을 수 있을지, 태풍에도 꿈적 않고 침잠에 들었던 갈색의 해조 숲이 치어들의 지느러미 짓으로 술렁거린다. 기지개 켜는 파도는 먼 항해를 떠나기 위한 숨 고르기인가.

나른한 피곤이 뿌듯한 충만으로 출렁이는 아침. 해맑은 민낯의
바다에 조심스레 닻을 올린다.

-〈그 바다의 아침〉 중에서

　　바다 위로 아침이 열리는 들머리. 밤의 가파른 능선을 넘어온 시
간이 거대한 우주 속으로 진입하더니, 마침내 조화 무궁한 질서의
세계에 이르는 순간이다. 박영희는 물살을 가르며 머뭇머뭇 항진해
온 인생의 바다 앞에서 자신과 해후한다. '격랑의 물결에 숨 고르며
다독이던 시간이었다.'며 지난 여로를 반추한다. 눈에 들어오는 치
어 떼의 술렁이는 지느러미와 먼 항해를 위해 기지개 켜는 파도의
숨 고르기. 나른한 피곤이 뿌듯한 충만으로 출렁이며 아침으로 깨
어난 이 역설의 바다, 화자는 그 위에 과부하로 실린 인생의 닻을
다시 들어 올린다.

　　표제작으로 올차다. 수필에서 자칫 대립을 세우게 되는 '체험과
허구 수용'의 문제에 대한 답을 이 작품에서 찾으면 어떨지. 줄글인
수필에 촉촉한 시적 정서가 융합, 혼효함으로써 이 한 편이, 수필과
시를 절충한 퓨전으로 재탄생했으니 하는 말이다. 오늘의 우리 수
필은 포만한 듯 속이 비어 허하다. 가독성을 한껏 끌어 올려야 하는
것은 수필가 모두의 책무다.
　　느슨한 행보가 감정선을 건드렸다. 그게 운율을 타 목마름을 적

서주는 정서적 호소력-페이소스(pathos)가 주는 울림이 물결로 남실 댄다. 무미한 직설에서 떠나 묘사적 수사를 빌림으로써 수필의 완성도를 높은 층위로 끌어올렸다. 표현이 참 정교하다. 이렇게 언어가 긴장하면 문장은 되레 적막하는가. 박영희가 집요하게 세공으로 얻어낸 언어 연단鍊鍛의 축적물을 보는 것 같다.

만물이 어둠에 잠긴 시간에 듣는 빗소리는 나지막한 피아노 소리처럼 정겹다. 애써 잠을 청하기보다 이 순간을 즐기며 사유의 숲을 소요한다. 무엇이든 기다리는 일은 일방적인 짝사랑과 같아 애태울수록 더 멀어진다. 눈을 감고 베개를 높이 고여 심신을 집중하면, 명상에 든 것같이 마음이 차분하게 가라앉는다. 불면의 밤을 보내려면 한여름 밤의 신기루 같은 허망한 꿈이라도 꿔보는 것도 좋겠다.

저 비의 언어로 한 폭의 그림을 그릴 수 있다면, 한 편의 수필을 완성할 수 있다면 어떤 어휘로 나열할까. 머릿속에 물감과 자판기를 펼친다. 그림을 구경하는 것은 좋아하나 그리는 재주는 영 없다. 물감을 확 풀어 붓이 가는 대로 따라가면 추상화 한 폭될 수 있을지. 내 사유의 뜰은 열기로 풍성하다.

-〈잠들지 못하는 밤〉 중에서

"어둠에 잠긴 시간에 듣는 빗소리는 나지막한 피아노 소리처럼 정겹다."에 이어진 다음 구절을 덧대야겠다. "피아노곡은 불면증에 도움이 된다고 한다. 통통 튀는 빗방울 소리를 연상시키는 비 오는 밤은, 쇼팽의 '빗방울 전주곡'이 어울린다."에 이르러 숨이 딱 멎는다. 밤의 공간에 통통 튀는 빗방울 소리가 쇼팽으로 흐르고 있지 않은가. 박영희 수필의 행간으로 피아노 소리가 들려오고 그 순간, 우리의 영혼도 함께 깨어나리라.

잠들기 전, '저 비의 언어로 한 편의 수필을 완성할 수 있다면' 하고, 하루를 마감치는 쉼의 시간에도 박영희는 베갯맡으로 수필을 불러 뉘었다. 잠으로 가는 시간에 또 깊은 글밭의 이랑을 뒤적이려는가. 일상이, 소재를 애써 찾고 자판기를 두드려 첨삭하고 윤문하고 퇴고하면서 수필 한 편의 완성에 매달리고 있을 것을 미루어 알게 된다. 박영희 수필에서 후광처럼 번득이는 존재감을 바라보는 것은 이제 어렵지 않을 것이다. 수필, 곧 그의 일상이기 때문이다.

① 나도 아플 수 있다는 것은 생각지 못한 충격이었다. 다가올 현실을 직시하지 못한 경고의 회초리랄지, 힘들었던 만큼 얻은 것이 더 많으니 이 또한 감사한 일이다. 웃다 울고 하며 서서히 치유돼 가는 몸의 변화는 기쁨이자 신기하기까지 했다.

갈팡질팡하는 내게 친구의 말이 화살처럼 콕 박혔다. "늙느라고 그래. 인정하고 받아들여." 정신이 번쩍 들었다. 이 한마디로 긴 어둠의 터널을 벗어난 것처럼 머릿속이 환해졌다. 인생의 참

맛은 지금부터일지 모른다. 앞으로의 삶이 무겁지 않기를 바랄 뿐이다. 욕심을 부린다면 남은 날을 가볍게 가길 소망한다.

-〈늙느라고 그래〉 중에서

② 제주시에서 잔디며 나무의 수형을 관리해 유족들이 전혀 신경 쓸 일이 없다. 장례비용을 줄이고 무엇보다 후손들이 관리 걱정을 할 필요가 없어 가장 좋은 점으로 꼽는다. 도민은 누구나 제약 없이 이용할 수 있고 외지인도 묻힐 수 있다고 한다. 살고 싶어 오는 제주가 죽은 후에도 올 수 있는 섬이 됐다. (중략)

예전보다 장례식이 여러모로 간소화되고 있다. 사랑하는 사람의 마지막 예를 소홀히 할 수 없지만, 그렇다고 복잡한 치레가 고인을 위한 일은 아닐 것이다. 죽음 앞에서 모든 것은 흙으로 돌아간다는 점에 별로 다를 것 없다. 엄숙하되 검소한 예식이 됐으면 한다.

-〈한울누리공원에 잠들다〉 중에서

③ 칠십육 년을 해로하고 할머니 곁을 떠나는 할아버지를 스크린에 비출 때 엄숙한 마음으로 고개를 숙였다. 삼베 수의 이불을 덮고 창백하나 평안하게 잠든 모습은 위안이었다. 다가올 어느 날 잠들 듯 떠나고 싶은 내 간절한 기도가 보이는 것 같았다. 먼저 가 있으면 곧 따라갈 것이라는 할머니의 담담한 독백은, 부부

란 남남으로 만나 이승과 저승을 이어 가는 인연인가. 그런 것이
라면 저승에서 우리 부부도 다시 만날 수 있을까.

-〈스러져가는 꽃〉 중에서

나이 들면서 예고 없이 빠져드는 게 황혼 의식이다. 한 생이 덧
없이 저물어 간다는 이 일련의 의식의 흐름은 어느 지점에서 웰다
잉의 한 굽이를 맞는다. 그것은 물질적인 부가 아닌, 심신의 조화
속에 내면의 건강을 중요시하는 웰다잉으로 영역을 넓혀 가면서 확
산한다. 죽음을 삶의 일부이자 자연스러운 과정으로 보고 현재의
삶에서 의미를 찾자는 것. 그러니까 죽음을 미리 준비해 자신의 생
을 뜻깊게 하려는 라이프 스타일이다.

①의 '남은 날을 가볍게 가기를 소망한다.'라거나 ②의 장례 의
식에 대한 깊은 관심을 말하며 죽음 앞에서 흙으로 돌아간다고 한
것. ③의, '저승에서 우리 부부도 다시 만날 수 있을까' 한 대목에서
박영희는 죽음이라는 두렵고 껄끄러운 대상에 대해 상당히 정리돼
있어 보인다.

인간은 누구나 일회성·유한성의 범주에서 비켜설 수 없다. 생명
은 소중한 것, 그렇게 부여받은 소중한 그것의 소진을 그냥 시간의
패덕悖德이라 치부한다면, 우리의 삶은 한없이 우울하고 허무하다.
죽음을 '돌아간다'라 한 것은 기막힌 우리말로 철학의 영역이다. 나

온 곳으로 돌아간다면 죽는 장소는 탄생한 그곳이 아닌가.

한 발짝 나아간 박영희는 ②에서 점차 합리화해 가는 장묘문화에 공감하는가 하면, ③에서는 다음 세상에서 남편과의 재회를 소망한다 하고 있다.

우주 속, 하나의 작은 행성인 지구라는 별에서 부부로 만남은 눈물겹게 소중하다.

새벽이다. 잉크 냄새 밴 글이 활자화된 날이다. 배달된 신문을 받고 페이지를 열기가 조심스럽다. 처음에는 멋모르고 우쭐거렸을지 모른다. 내 글이 신문에 실리다니. 신기했다. 가끔 잘 읽었노라는 메시지라도 받은 날은 매체의 보이지 않는 위력에 움찔했다. 유연하게 물 흐르듯 쓴 글은 매끄럽고 자연스러운데, 한 번 막혀 쉬기를 반복했던 글은 아쉬움이 많다.

자신의 글에 가치를 논할 수는 없다. 여차하면 오만하거나 겸손의 양날 위에서 허둥거리는 꼴이 될 수 있다. 글을 쓰면서 가장 고심하는 게 솔직함이다. 비빔밥처럼 이것저것 섞는 욕심은 부리지 말자. 그러다 보면 과대 포장하기 쉽고 허상의 옷을 입히게 마련이다. 첨가보다 과감한 삭제가 우선이다. 담백하고 간결한 언어에 진실을 담고자 다짐한다.

-〈글을 쓰며〉 중에서

신문 칼럼을 쓰면서 체험에서 온 소회를 독백하듯 진솔하게 담아냈다. '유연하게 물 흐르듯이', '오만하지 않고 겸손하게', 또 솔직히 쓰려고 애쓴다면서 '첨가보다 과감한 삭제를 통해 담백하고 간결한 언어에 진실을 담고자 한다.' 했다. 박영희는 오랫동안 「제주일보」 '사노라면'의 필진으로 칼럼을 쓰면서, 서정성이 도드라진 글로 많은 독자의 공감을 얻고 있다. 담백, 간결한 언어에 진실을 담아내려는 각고의 노력이 일궈낸 성과가 아닐 수 없다. 그만큼 칼럼에 수필 못잖은 심혈을 쏟고 있음이 분명하다. 신문의 위력도 함께 거들어 나설 것이다.

나는 이런 그의 값진 노역을 '칼럼의 수필화'로 보려 한다. 사회 속으로 발가벗어 자신의 나상裸像을 드러내는 작업이 칼럼이다. 자연 어휘 하나에도 민감하게 되거니와, 양질의 수필을 쓰는 데도 한몫할 것이 틀림없다.

평자도 애독자의 한 사람이다. 솔직해야 하는 수필과 칼럼, 두 장르의 교호작용에 거는 기대가 크다.

청소기를 돌리고 TV를 켠 채 개의치 않고, 글을 쓰며 새벽 신문을 읽는 생활로 돌아왔다. 며칠 단절되었던 과거는 침묵으로 존재할 것이다. 마치 강둑에 서서 건너다보는 마주하기처럼, 이쪽저쪽 편 가르기 하던 시간을 돌아보라는 듯이. 집을 떠나 비로소 보였던 내 울타리가 소중했다. 매일매일 일어나는 일상의 모든 것은 단지 잡음만이 아닐 수 있다. 다만, 내 의식이 지혜롭게 가려들으면 헛되지 않으리라.

　가을이 깊어간다. 한동안 속 빈 강정이 돼 겉돌던 마음을 다잡아 추스른다. 자신의 몸피를 줄여 가벼워지는 비움의 계절이다. 몸과 마음에 비늘처럼 달라붙은 묵은 찌꺼기를 걸러내는 시기다. 일상의 무게에 눌려 있던 잠시의 일탈은 진정 무심은 아니었다.

-〈때로는 무심히〉 중에서

　무심은 색을 올리기 전의 순백색 도화지다. 생각이나 분별에서 벗어난 무장 무애無障無礙의 경지, 고정관념을 떠났을 때 만나게 되는 텅 빈 마음자리다. 심중에 일렁이는 욕심의 물결을 재우지 않고는 닿을 수 없게 그것은 현실에 초연하다. 박영희는 그 실체를 '자신의 몸피를 줄였을 때 가벼워지는 비움'이라 하는가. 그것은 마음속에 얼크러진 잡다한 상념의 잔해를 걸러냈을 때라야 당도할 수 있는, 그 어느 지점에 웅송그려 우리를 기다리고 있을지 모른다.

　진정 무심에 들려 때로 일탈을 시도해 보기도 했지만, 진정 무심이 아니었다고 술회한다. 겉도는 마음을 다잡아 추슬러야 하는 것 아닐까.

　한 줄기 바람이 지나고, 가랑잎이 떼구르르 구르며 어서 오라 손짓하며 앞선다. 길이든 길 아니든 거침이 없다. 계곡에 떨어진 것은 어느새 배가 돼 흐르는 물을 뒤쫓고 있다. 그 가랑잎을 따라 흐르던 마음이 두 글자를 새긴다. 무심.

행간을 읽어 보면 좋을 것이다. 무심에 들려고 그새 수많은 능선을 넘었고, 가파른 길목에서 피고 지는 꽃 앞에 숙연히 눈을 감기도 했을 텐데, 자신에게 와 주지 않는 무심으로 박영희는 사뭇 갈증에 타고, 우리까지 목마르다.

①고층 아파트 건물 사이로 날 세운 눈보라가 사선으로 날아오르며 회오리친다. 희뿌연 허공에서 맴도는 꽃잎들의 춤사위. 몽환적인 흰 꽃 이파리들. 시린 동공 속에 박히는 무수한 점, 점…. 눈이 아리다. 현란한 군무는 시공을 넘고 내 사유는 허공에서 길을 잃는다. 먼 후일 함박눈으로, 어느 날 한여름 소나기로 돌아올까.

아이들이 언덕에서 썰매에 얹혀 화살처럼 내달린다. 즐거움에 겨워 들뜬 꽁무니에 휘모리장단으로 난무하는 흰 꽃잎. 아이들의 해맑은 웃음소리가 꽃잎처럼 눈 속으로 흩날린다.

-〈군무群舞·1〉 중에서

② 검푸른 밤하늘이 호수처럼 깊다. 보름달이 크고 둥그런 달 집을 지었다. 풍경은 창백한 달빛으로 흠뻑 젖었다. 겹겹이 포개 얹은 아슴푸레한 산 능선은 붓이 흘린 한 폭의 수묵화다.

달빛 품은 대숲에 든다. 온몸에 힘을 내리고 가슴을 열어 내 안에 만월로 충만하기를 소망한다. 숲 사이로 부챗살처럼 쏟아지는 달빛의 향연. 발등을 덮는 댓잎 부서지는 소리도 달빛이다.

-〈대숲에 들다〉 중에서

①, ②는 아포리즘 수필이다. 특히 요즘 젊은 세대들은 길고 복잡한 것으로부터 쉬이 달아나 버린다. 수필이 그들과 통섭하려면, 윈드서핑으로 너울 치는 시대의 파도를 타야 한다.

시대의 요구를 따라 탈바꿈한 수필의 장르가 아포리즘, 글의 초단편화다. 5매 장편掌篇수필. 수필에 시적 서정을 입힘으로써 탄생한 퓨전 문학으로 장르의 벽을 허문 탈 장르다. 박영희 수필에 내재한 서정적 감성이 반반한 호수로 들앉았다. 때로는 널따란 풀밭에 언어를 방목한 정경 같아 좀체 시선을 떼지 못한다.

①은 눈발 나부끼는 겨울날의 정경을 역동적 은유로 담아내면서 묘사가 치밀하다. 언어로 그린 풍경화가 오감을 깨우며 함께 환호하게 한다. ①이 동적 풍경이라면, ②는 정적으로 대비된다. 화선지 위로 번진 묵훈墨暈이 달빛으로 흐르는 한 폭의 수묵이다.

수필이라 고집할 수 없게, 산문시와 정답게 어깨를 겯고 있다. 부연하지 않거니와, 이쯤에서 박영희의 아포리즘은 완성을 목전에 두었다 하겠다. 등단 12년, 짧지 않은 시간에 박영희가 이뤄 놓은 옹골차게도 여문 결실이다.

3_나오며

평자가 머리맡에 두고 늘 마음속에 새기는 '좋은 수필'의 네 가지 조건이 있다.

내용이 비범하면서 작가적 에스프리와 주제 의식이 선명한 글, 잔잔한 흐름 속에 감동이 너울 치는 글, 시처럼 읽고 난 뒤 인생에 대해 무언가를 사유케 하는 글, 작가의 인간성이 촘촘히 밴 글.

박영희 수필은 이 둘레 어느 언저리로 상당히 들어서 있다. 다작하지 않으나 과작도 아니면서 고수해 온, 2014년 첫 수필집《잠자리 날개 같은》이후 10년의 침묵이었다. 동인으로서 제2집을 낼 때가 됐다고 여러 차례 채근해도 소이부답, 말 없는 미소 뒤에 숨었던 의중을 이제야 새겨 보게 한다.

그 침묵의 시간 속으로 박영희의 수필은 알이 박혀 있었다. 종심의 무게를 짐 지며 인생을 관조하는 그윽한 혜안, 그것은 바로 내명한 철학의 눈이었다. 작가가 각고의 노력으로 벌려 놓은 첫 작품집과 두 번째 작품집의 거리이기도 하다. '잘 쓴 수필'의 경계를 허물고 진화해 '좋은 수필'의 조건을 충족시켰다. 경이로운 변화다.

이제 50편의 수필이 앞섶을 고치며 세상으로 나간다. 박영희의 수필에 찬사는 절제하려 한다. 다만, 평자도 속절없이 늙어가는 처지에 한마디 하게 된다. 나이 들어 쇠한다고 신체의 퇴행을 구실 삼아 문학 본령本領이 위축되거나, 어느 부분 침몰하는 일만은 없어야 하리라는 것이다. 확신한다. 글을 운명처럼 사랑하는 박영희는 끝까지 붓을 놓지 않을 것이고, 그가 지배하고 있는 수필의 영역엔 늘 싱그러운 풀이 무성하리라.

우리 수필이 많은 신인들의 참여로 양적 볼륨 못잖게 질적 향상의 도모로 풋풋하다. 숱한 신예들의 동참으로 수필이 빠르게 변하고 있다. 등단할 때 걸쳐 입은 입성 그대로 앞가림하는 식의 고식적 변통으로는 기성으로서의 입지가 흔들릴 것이라 긴장하게 된다.

공감하리라. 작품을 쓸 때마다 '이 글이 내가 쓰는 최후의 글이다. 지금까지 이 한 편을 위해 여기까지 왔다.'는 작가의 소명 의식을 잃지 말았으면 한다. 매사 그렇지 않을까. 뒤에서 심상찮게 쫓는 낌새를 알아차리면, 쫓기는 자의 의식은 어느새 균형을 잡아가게 마련이다. 그게 추월당했을 때의 허탈함일지언정 명품 수필을 쓰게 하는 에너지가 아닌가.

언제던가. 대화를 주고받으며 다정하게 걷는 내외분을 절물자연휴양림에서 또 사라봉 장수로 초입에서 만났던 일을 떠올린다. 늘그막에 두 분 참 정겹고 아름다웠다. 박영희 수필의 첫 번째 독자는 부군일 것이다. 내자의 문학을 위해 기울이는 부군의 외조가 든든할 것을 짐작게 하는 대목이다. 박수를 보낸다.

마지막으로 간곡히 전하고 싶은 말이 있다. 작가의 감성을 자극하고 긴장하게 하는 알베로니의 목소리다.

"새로운 것을 보는 것만이 중요한 게 아니라, 모든 것을 새로운 눈으로 보고 새로운 가슴으로 느끼는 것이 중요하다."

박영희의 여생이 수필 속으로 충만한 가운데, 문운 창대하기를 빌고 싶다.

그 바다의 아침

박영희 제2수필집

초판발행 2022년 10월 20일

지은이 박 영 희
펴낸이 노 용 제
펴낸곳 정은출판
출판등록 제301-2011-008호(2004년 10월 27일)
주 소 서울특별시 중구 창경궁로 1길 29 (3F)
전 화 02-2272-9280
팩 스 02-2277-1350
이메일 rossjw@hanmail.net
홈페이지 www.je-books.com

ISBN 978-89-5824-319-9 (03810)

값 13,000원

* 이 책은 제주특별자치도 제주문화예술재단의 2022년도
  제주문화예술지원사업 후원을 받아 발간되었습니다.